A Queda do Fascismo

Guilherme Müller

Preparo de originais: Gabrielle Antunes
Revisão: Lilian Ferraz
Diagramação: Samanta Paleari
Capa: Fernanda Pereira

Catalogação na publicação Elaborada por Bibliotecária Janaina Ramos – CRB-8/9166

M958q

Muller, Guilherme

A queda do fascismo / Guilherme Muller. – Rio de Janeiro: Ases da Literatura, 2022.

N p. 234; 14 x 21 cm

ISBN 978-65-84796-06-5

1. Ficção. 2. Literatura brasileira. I. Muller, Guilherme. II. Título.

CDD 869.93

Índice para catálogo sistemático

I. Romance : Literatura brasileira

Editora Ases da Literatura

www.asesdaliteratura.pt

A Queda do Fascismo

Guilherme Müller

NOVOS
ASES

Sumário

Este livro vai dedicado à
Thaise Gasser Gouvêa

"Até cortar os próprios defeitos pode ser perigoso.
Nunca se sabe qual é o defeito que
sustenta o nosso edifício inteiro."

Clarice Lispector
(1920–1977)

1. PROVAÇÃO

— Passei! — diz em voz alta Isabella Camargo, ao ver o seu nome na lista dos aprovados no site da Polícia Federal — Não acredito!... Finalmente passei... — Organiza apressadamente suas papeladas em frente à sua mesa do notebook. — Mãe!... Pai!... — grita do seu quarto, levantando-se da cadeira, um pouco emocionada.

— O que foi, filha? — pergunta da cozinha o seu pai, Jorge Camargo, enquanto ajudava a sua esposa com a mesa do café da manhã. — Estamos na cozinha!

— Pai! Tenho uma excelente notícia para te dar. Cadê a Letícia?

— Já está vindo — responde sua mãe, Amanda Camargo, que queria logo saber aquela novidade.

— Passei para perita criminal da Polícia Federal — diz rapidamente Isabella, mal se contendo de felicidade. — Eu finalmente consegui, depois de anos de estudo... Pensei que esse dia nunca ia chegar, mas chegou.

— Parabéns, filha! — Jorge chega perto dela com os seus braços abertos. — Estou muito orgulhoso de você, viu?... Me dê um abraço aqui... Eu sabia que você ia conseguir... mais cedo ou mais tarde.

— Essa é a nossa garota! — Também se aproxima sua mãe, abraçando-a junto ao marido.

— Gente! O que é isso?... — Chega à cozinha, sua irmã, Letícia Camargo, sentindo um pouco de ciúmes.

— Eu sei que vocês sempre preferiram a Bella... mas o que ela fez para merecer um abraço coletivo? Posso saber?

— Passei no concurso, Lelê. — Sua irmã abre espaço no abraço coletivo, com a intenção de incluí-la também.

— Mas que notícia boa, Bella... — Sua irmã se junta naquele abraço também. — Você merece... se preparou durante anos... Cheguei até a pensar se realmente valia a pena todo o esforço físico e mental.

— Pois é, Lelê... também pensei em desistir algumas vezes, mas me mantive firme em meus sonhos, e aí está a resposta... passei em terceiro lugar... Isso não é incrível?

— Perdemos mais uma CEO! — brinca o seu pai, já sabendo que as suas filhas não iam mais administrar a empresa de cosméticos da família.

— Mas foi por uma boa causa, Jorge. — Amanda sorri para o seu marido, ficando um pouco ansiosa em pensar que teria que trabalhar em dobro a partir daquele momento.

— E se foi!... Primeiro foi a Letícia, se tornando uma excelente médica, e agora... — Olha para a sua outra filha, já com os olhos cheios de lágrimas. — Temos na família uma excelente policial... Isso enche qualquer pai de orgulho.

— Obrigada, pai!... Agora vamos comer esse bolo de fubá que pelo cheiro deve estar uma delícia. — Isabella olha para aquela mesa farta, nunca se sentindo tão leve em toda a sua vida.

— Quando você vai ser chamada, filha? — pergunta sua mãe, tentando reorganizar em sua mente a estrutura da empresa a partir de agora.

— Ainda não sei, mãe... — Corta rapidamente uma bela fatia de bolo, como se naquele dia ela não quisesse seguir nenhuma dieta. — Vi o meu nome na lista hoje... mas acredito que em poucos dias eu deva ser chamada.

— Você vai trabalhar no Rio? — pergunta sua irmã, já começando a sentir falta de sua melhor amiga.

— Bem... Ao lado do meu nome estava escrito RJ... então tudo indica que sim.

— Vocês cresceram rápido demais... — reflete Jorge, relembrando alguns momentos que passaram juntos. — Parece que ainda foi ontem que vocês entraram na faculdade. Só espero não ter perdido nada por causa do trabalho. E se me ausentei em algum momento...

— Que isso, pai! — interrompe-o Isabella, sabendo muito bem que ele tinha sido um ótimo pai. — Você deu o seu melhor.

—Também penso nisso às vezes... — começa a falar sua mãe, se sentindo um pouco mal por ter dois empregos.

— Para de bobagem, mãe... — fala Letícia, enchendo o seu copo com aquele delicioso suco de laranja. — Vocês se sacrificaram por nós... e, além do mais... não podemos reclamar de nada. E também se reclamássemos de alguma coisa... tínhamos uma excelente psicóloga em casa para nos ajudar, não acha?

— Ainda bem que vocês entendem, minha filha... — Ajeita o seu cabelo grisalho, se preocupando muito com aquele assunto. — Pois tinha vezes que eu pensava em abandonar os meus pacientes e me dedicar à empresa de seu pai integralmente, mas ainda bem que eu não fiz essa besteira.

— Pois é! — responde o seu marido, sabendo muito bem quais eram as paixões de sua esposa. — Você provavelmente ficaria muito infeliz com o trabalho de CEO, que é muito burocrático.

— Um momento, gente... — Isabella sente o seu celular vibrar. — Alô? Quem fala?... é ela mesma, pois não... Ah sim!... Puxa vida!... Não pensei que vocês iriam me ligar tão cedo... Entendo!... Posso sim, é claro... Que horas?... Às 9 da manhã?... Estarei lá, senhor... Pode deixar... Até amanhã... Tchau!

— E aí?... Já eram eles? — pergunta sua irmã, quase se engasgando com o pedaço de pão que tinha colocado na boca.

— Já! — responde Isabella para a sua irmã, ao recolocar o seu celular no bolso de sua calça jeans. — A Polícia Federal acabou de me ligar e eles disseram para eu me apresentar no polo de Petrópolis, pois irei trabalhar lá... Dá para acreditar?... — Ela fica muito entusiasmada com aquela notícia. — Nem precisarei sair de Petrópolis para trabalhar.

— Outra notícia excelente!... — diz o seu pai olhando para a sua esposa. — Então quer dizer que as minhas duas meninas não vão sair do ninho? É isso mesmo?

— Jorge! — Amanda o repreende, sabendo que aquele ato não era a melhor escolha para desenvolver a independência em suas filhas. — Pare já com isso! Eu como boa psicóloga... acredito que os filhos não são criados para a gente, e sim para o mundo. Escutou-me bem?

— Estava só brincando, meu amor. — Jorge toma um pouco de café, tentando esconder o seu sorriso de pai coruja.

— Nunca pensei que iria trabalhar aqui... — Isabella fica um pouco desmotivada com aquela notícia, depois de ter pensado um pouco sobre o assunto. — Como uma perita criminal vai trabalhar em Petrópolis?... Expliquem-me isso!... Aqui quase não acontece nada, pois sempre vimos nos jornais que as melhores cidades para se trabalhar nesse cargo foram e sempre serão as cidades de São Paulo e Rio de Janeiro. O que eu vou fazer aqui?... Será que vão me colocar em outra função? Ou será que eu vou ter que resolver casos pela internet somente?

— Não sei, filha... — Jorge se preocupa com aquela questão. — Talvez eles queiram que você fique em treinamento aqui por um tempo... e, depois, quem sabe... Eles te recolocam em seu cargo de origem novamente.

— Pode ser isso, Jorge... — Amanda olha carinhosamente para a sua filha. — O mais difícil você já conseguiu... Agora deixa o tempo fazer o seu serviço.

— É, maninha! Não fique assim... Você pensou o quê?... Que eles já iriam te colocar para solucionar alguma cena do crime logo de cara, é?

— Era o mínimo que a instituição poderia fazer por mim, não acha? Pelos anos que me preparei para passar nesse concurso...

— Tenha paciência, minha filha... — Jorge tenta confortá-la. — Tudo tem seu tempo... Acredito que eles primeiro irão fazer com você uma espécie de estágio... para depois te efetivarem no cargo de origem.

— Estágio? — repete aquelas palavras Isabella. — De perita criminal em Petrópolis? Que tem a menor taxa de homicídios no Estado do Rio de Janeiro? Desculpa, pai... — Levanta-se daquela mesa um pouco irritada. — Mas não vou aprender nada aqui... a não ser ficar emitindo passaportes o dia inteiro. Você acha isso justo?

— Para tudo na vida, minha filha... existe uma caminhada a percorrer — diz sua mãe, tentando acalmá-la. — Você irá chegar onde pretende, mas antes... terá que passar por diversas etapas antes de se estabelecer no cargo pretendido.

— Eu sei, mãe... mas eu me preparei tanto... mas tanto... que pensei que fosse trabalhar em outro local... só isso!

— Acredito que eles devem ter os seus motivos para te colocarem nessa cidade... Confie em mim, filha... — Amanda tenta persuadi-la. — Pense que você irá aprender o máximo que conseguir aqui... Mantenha o foco em seu trabalho, e o resto... aposto que virá naturalmente. Viu, mocinha?

— Até que você pode ter razão, mãe... — Isabella tenta se acalmar.

— Quem me acompanha?... — pergunta Jorge, se levantando por último.

— Hoje eu tenho um paciente no consultório às 9h30min, querido.

— Eu tenho que ir para o hospital agora, pai... Desculpa.

— Bom... Só me resta você, Bella — Olha para ela cheio de orgulho. — Você vem comigo?

— Mas é claro, pai! Assim é bom que aproveito para me despedir de meus colegas também...

— Mas você não vai encontrar a Mariane hoje, não? — pergunta sua irmã.

— É claro que vou! — responde Isabella, esquecendo-se completamente que era sexta-feira.

— Então vamos! — propõe seu pai, não querendo se atrasar.

— Vou só pegar a minha bolsa no quarto, pai — diz Isabella, ainda em êxtase.

*

— Parabéns, Bella! Acabei de ver o seu post no Instagram.

— Obrigada, Célia! Esforcei-me muito para passar.

— Você merece, querida... — Célia sai do balcão, para lhe abraçar fortemente. — Quer dizer que você não vai mais trabalhar aqui?

— Pois é! Tudo indica que sim. É o meu último dia no cargo de CEO. Vim aqui só para me despedir do pessoal e trabalhar um pouquinho com o meu pai.

— Aproveita, Bella! Você merece isso e muito mais.

— Tchau, Célia! Agora tenho que ir para o escritório, pois o meu pai marcou uma reunião, enquanto ainda estava no carro.

— Está bem, querida! Mas já estou com saudades suas, viu?... Quando tiver um tempinho, venha visitar a gente, tá?

— Pode deixar, Célia!

*

— Bom dia, pessoal! — Entra na sala de reuniões o senhor Jorge, trazendo um largo sorriso no rosto. — Prontifiquei-me de marcar essa reunião aqui... um pouco em cima da hora, é claro... para lhes comunicar que minha filha está saindo do cargo de CEO da empresa, pois ela finalmente passou no concurso da Polícia Federal.

— Mas que notícia boa, senhor Camargo! A gente sempre soube que era o grande sonho dela.

— Pois é, Vivian! — responde o senhor Jorge, já pensando em alguns nomes para substituí-la. — Foi uma surpresa para mim também. Mas temos que deixar os nossos filhos seguirem os seus próprios caminhos... E hoje não foi diferente.

— Aí está a nova concursada, gente!... uma salva de palmas, por favor... (...) (...) (...) (...)

— Obrigada pessoal! — Isabella se emociona com aquela cena, tentando guardá-la em sua memória para sempre. — De verdade mesmo... só tenho que agradecer a todos vocês... Mesmo!... do fundo de meu coração... todos aqui me ensinaram muito. E agora... é um novo ciclo que se abre... Cheio de novas oportunidades. E agora... eu espero que eu consiga ampliar os meus conhecimentos na Polícia Federal ainda mais.

— Você vai, filha! Isso eu tenho a absoluta certeza.

— Quem vai substituí-la, senhor Camargo?

— Ainda não sei... ainda tenho que me sentar com alguns investidores antes... mas por enquanto tenho dois nomes em vista. Não se preocupem... aposto que vocês vão gostar.

— E o que fazemos agora, senhor Camargo?

— Nada! — Bate com sua mão na mesa cumprida. — Absolutamente nada! Como hoje é sexta-feira... Vamos direto para o bar... Comemorar, galera!

— Pai! Isso é antiético — ela tenta convencê-lo do contrário. — A empresa não pode parar agora.

— Quem faz as regras aqui sou eu, filha!... Avise a Célia para suspender o trabalho de todo mundo por hoje.

— Pode deixar, senhor Camargo... Irei avisá-la imediatamente.

— Aonde vamos comemorar, senhor Camargo?

— Que tal se nós fôssemos na Choperia Bárbaros? — o senhor propõe para a sua equipe.

— Ótima escolha, senhor! Eu adoro o chopp de lá, e a isca de frango também.

— Pai!... Você não precisa fazer isso... Sério!

— Mas, filha... Eu quero! Você lutou muito para chegar onde chegou. E isso requer uma comemoração à altura, não acha?

— Está bem! Está bem!... Vou ligar para a Mari... Avisa a mamãe e a maninha também.

— Deixa comigo!

*

— Um brinde à mulher mais bonita da Polícia Federal. — Mariane levanta o seu copo, olhando com muita admiração para a sua namorada.

— A melhor perita criminal de Petrópolis! — Letícia também levanta o seu copo.

— Espera um momento... Petrópolis? Eu escutei bem?... É isso mesmo?... mas o que a Bella vai fazer o dia inteiro em Petrópolis?

— Também estou sem entender nada, mas, por enquanto, é o que me disseram... Vou começar na segunda-feira, na Polícia Federal do pórtico do Quitandinha.

— Que estranho, gente!... Lá eles só fazem passaportes...

— Só estou seguindo ordens — responde Isabella, tentando não pensar sobre o assunto.

— Pessoal! — O senhor Camargo se levanta, querendo fazer um pronunciamento. — Entendo a preocupação de vocês, mas acredito que a Polícia Federal está preparando Bella. Ou vocês pensam o quê? Que ela iria pegar grandes casos logo no primeiro ano de serviço prestado?

— Você tem razão, meu amor... Agora, sente-se.

— Amanda tenta acalmá-lo.

— Meu pai está certo! Pois quando eu me formei... — recorda Letícia. — Eu fiquei alguns anos adquirindo experiência até eu ter o meu próprio consultório. E acredito que no caso da Bella não seja diferente.

— Vamos aproveitar esse dia... para celebrar a vida pessoal. — Levanta o seu copo mais uma vez o senhor Camargo.

— Senhor Camargo! Estou com os dados de crescimento da empresa aqui... Ela cresceu 80%, se comparado ao ano passado...

— Que notícia excelente, Debora!... Ainda bem que fizemos um novo *layout* para o site da empresa, hein?

— Enquanto isso, senhor... A concorrência cresceu apenas 40%. Estamos indo muito bem para um começo de ano pós-pandemia, o senhor não acha?

— Mas é claro! Vamos brindar a isso também... — O senhor Jorge aproxima o seu copo do dela, fazendo um simples tilintar.

— Estamos ganhando da concorrência, amor?

— Estamos, querida! E o que é ainda melhor... Ainda estamos em janeiro... Isso não é incrível?

— Quer dormir na minha casa depois da confraternização, Bella?

— Eu adoraria, Mari! Só estava esperando o pedido... — Isabella dá-lhe um beijo na bochecha.

*

— Oi, tia Eduarda!

— A Mari já me contou tudo... Parabéns, viu?... Você merece toda a sorte do mundo.

— Obrigada, tia! Cadê a tia Vivi?

— Viviane está em uma construção, organizando onde irá ficar a parte paisagística do local. Ela não deve demorar muito... mas ela também adorou saber da notícia, viu?

— Com licença, mãe! Mas temos que tirar o atraso.

— Mari! Isso são modos? — sua mãe lhe repreende por conta daquele comportamento nada adequado.

— É!... Mari! — Isabella fica muito constrangida. — Assim você me deixa encabulada, tá?

— Aproveitem a vida, minhas queridas. Pois eu na idade de vocês... fazia o mesmo o tempo todo também.

— Vamos indo, Bella!... — Mariane puxa-a pelos braços, levando-a para o seu quarto, no segundo andar.

*

— Ainda estou sem acreditar que passei, Lelê... — Isabella olha para o teto daquele quarto, deixando sua perna direita um pouco descoberta pelo lençol de seda.

— Foram anos de preparo físico e mental, né, meu amor?

— Foram! Pensei em desistir muitas vezes, mas com o suporte que a minha família me deu... dificilmente alguém desistiria no meio do caminho.

— Hei! — Letícia a empurra para fora da cama — E eu aqui?... Não conta, não é?

— Sim! Perdoe-me... a sua família também foi incrível. Suas mães sempre me apoiaram muito também. Considero-me uma privilegiada, diga-se de passagem... Neste mundo que só tem desigualdades para realçar...

— Amanhã será o seu grande dia, amor... — Mariane lhe beija suavemente.

— É... eu sei! Esse trabalho vai mudar a minha vida. Eu sinto isso, sabe?... Só não sei se é para o bem ou para o mal.

— Pare já com isso, Bella! — repreende Mariane. — Você sabe muito bem que aqui em Petrópolis não acontece nada de mais. Você vai trabalhar tranquilamente... É o emprego dos sonhos.

— Mas eu já não penso assim... Pois eu sempre gostei de sair da zona de conforto, sabe? E foi por isso que eu escolhi essa profissão... Porque ela é desafiante a cada dia que passa.

— Bem, meu amor... Vamos ter que aguardar... Pois só o tempo dirá em que lugar você irá pegar um caso que te desafie como pessoa — Mariane tenta tranquilizá-la.

— Eu sonho com esse momento há anos. — Isabella fica um pouco inquieta.

— Não se preocupe, Bella... Cedo ou tarde você irá chegar aonde sempre sonhou. Confie em mim, tá?

— Assim espero, Lelê... Assim espero. — Isabella se levanta delicadamente da cama, com o lençol de seda envolto em seu corpo.

— Mas aonde você vai a uma hora dessas, Bella... posso saber?

— Vou correr!

— Mas hoje é domingo, Bella... Fique aqui mais um pouquinho... Ainda são 6h... Pelo amor de Deus!

— Desculpe, Lelê! Eu até queria, mas... infelizmente eu tenho que manter a forma. Não tem jeito!

— Faça o que você quiser então... Pois hoje eu só saio da cama depois das 8h — diz Mariane, voltando a se enrolar nas cobertas novamente.

2. VOCAÇÃO

— Prontinho! Senhora Cecília de Alencar? Aqui está o seu passaporte como prometido.

— Obrigada, minha querida... Nem sei como te agradecer, viu? Fui a última da minha família a tirar o passaporte. Sabe como é, né?... Minha filha quer me levar para o Canadá.

— Que legal, senhora Alencar.

— Você por acaso é nova por aqui?

— Sou, sim, senhora! Passei no concurso e vim trabalhar aqui.

— Não é muito monótono, não?

— É... — Isabella fica um pouco sem jeito por responder aquela pergunta, aproveitando-se para olhar ao redor para ver se não tinha ninguém olhando. — Mas não se preocupe... Estou fora do meu cargo de origem... e espero que logo logo... eu cumpra o meu dever de origem.

— Então tenha uma boa-sorte com o trabalho novo, minha querida... — A senhora Cecília tem um pouco de dificuldade para se levantar, porém totalmente satisfeita de estar com o seu passaporte novo em mãos.

— Obrigada, senhora Alencar!

Puxa, é mesmo... Já estou fazendo esse tipo de trabalho há um mês e nada de meus superiores me realocarem de posição. O que será que está acontecendo?

Por quanto tempo mais terei que ficar aqui fazendo passaportes... sem fazer o que sempre sonhei? — pensa Isabella, olhando para a tela do computador, um pouco desapontada com o seu rendimento naquele lugar.

— Já estou indo, Rogério...

— Está bem, Isabella... Até amanhã!

*

— O que foi, Bella?... Está preocupada com alguma coisa?

— Não! E é exatamente por isso que estou preocupada.

— Quantas vezes vou ter que te convencer disso... — Mariane fica sem paciência. — Que nos primeiros anos isso é normal, Bella...

— Eu sei, Mari, mas... eu só queria ser mais desafiada, e eu sinto que estou simplesmente batendo o ponto igual a um robô, entende? Pois todos os dias é a mesma coisa... Eu faço passaportes e mais passaportes. Eu ajudo as pessoas a construírem os sonhos delas, mas o meu maior sonho... ninguém me ajuda a construir, você entende o que estou querendo dizer, meu amor?

— Sim! Eu já entendi... — Mariane responde firmemente. — Mas a única coisa que te resta a fazer é esperar. Não tem outro jeito, Bella... Confie em mim. Se eles te colocaram nessa cidade para trabalhar é por algum motivo, meu amor... Pense que você está em um processo de aprendizagem contínua.

— Mas eu já aprendi a fazer passaportes, Mari.

— Eu sei que sabe. Mas vamos aguardar para ver o que eles vão fazer com você, Bella.

— Um momento, meu amor... — Isabella escuta o seu celular tocar na cabeceira de sua cama. — Devem ser os meus pais...

— Oi, mãe! Como estão as coisas aí em casa?

— Por aqui está tudo bem, minha filha... Sua irmã está em cirurgia no Hospital Santa Teresa... Seu pai está no trabalho, como sempre, e eu... bem... acabei de atender um paciente que está passando por um momento bem complicado em sua vida, sabe? Com a morte de seu filho ainda recém-nascido. É bem triste e angustiante ao mesmo tempo, me compreende?

— Nossa, mãe! Que barra, hein?

— Pois é, minha filha, temos que agradecer todos os dias de nossas vidas por estarmos bem.

— Vou me lembrar disso quando eu estiver fazendo mais passaportes... — Isabella tenta brincar com aquela situação.

— Agora eu quero saber de você... Como estão as coisas no trabalho?

— Ah, mãe... as coisas vão indo... Nunca pensei que ia cair na monotonia nesse novo trabalho, mas vou fazer o quê? A Mari me disse para ter paciência... Que mais cedo ou mais tarde eles vão me realocar de setor.

— E ela tem total razão no que diz, filha.

— Ai, mãe... Tomara! É a coisa que mais desejo no mundo, sabe? Eu não sou contra os agentes que fazem passaportes... longe disso... mas eu estudei para ser mais desafiada em minha vida, entende?

— Mas é claro, filha! Entendo-te completamente. Mas você precisa entender que para tudo na vida se leva tempo. E você já fez o mais difícil... que foi passar no concurso. Então... agora... só te aconselho a esperar, viu?

— Pode deixar, mãe! Vou aguentar firme e forte na minha posição, tá bem? Beijo para você também.

— Estou vendo aqui no meu celular... — fala Mariane, sentada na cama — Amanhã de manhã terei que defender um réu em uma audiência pública, e, logo na sequência, terei que fazer uma tatuagem para uma moça.

— Ainda não sei como você consegue dar conta de dois empregos ao mesmo tempo — diz Isabella.

— Bem... — Mariane beija um dos mamilos de Isabella. — Não tenho uma empresa para me sustentar, meu amor.

— Mari! Que isso? — Isabella lhe repreende. — Nunca gostei dessas brincadeiras idiotas, viu? Você mais do que ninguém sabe o duro que eu dei para chegar aonde cheguei.

— Calma, Bella! Só estava brincando com você.

— Pois pare já com isso!

— Ah! Qual é? — Mariane começa a beijar a barriga de sua parceira. — Vem cá...! Vamos brincar um pouquinho hoje à noite... o que acha?

— Não, Mari! Hoje eu não estou a fim.

— Nossa! Mas quanta grosseria, hein...? Então vou ler o meu livro.

— Faça como quiser, Mari! Só quero que você me

deixe em paz. — diz Isabella, sentindo-se muito inútil naquele emprego.

*

— Mas quem será uma hora dessas? — pergunta Mariane, ainda muito sonolenta.

— Alô! Sim... É ela mesma... Quem está falando...? Algum problema, senhor? Entendo... Pode deixar! Já estou indo, senhor... Obrigada por me deixar no comando da situação, sim?

— O que foi, Bella? Não me diga que resolveram fazer passaportes mais cedo agora... — Mariane tenta adivinhar o conteúdo daquela conversa.

— Não é nada disso, Mari... Estão removendo nesse exato momento... um corpo no lago do Hotel Quitandinha e desconfiam que tenha sido um assassinato — fala rapidamente Isabella, mal se contendo de alegria.

— Minha nossa! — Mariane fica totalmente chocada com aquela notícia. — Mas que horro,r meu amor... Só você mesmo para estar assim tão radiante em plena madrugada.

— É melhor eu já ir indo, Mari... — Isabella se apronta rapidamente. — Agora sim... Faço questão de ser parabenizada pelo meu primeiro dia de trabalho, viu?

— Não está se esquecendo de nada não, Bella... — Mariane olha para aquele reluzente distintivo que estava em cima da mesa do notebook.

— Puta merda!... Deseje-me sorte, Mari... Até

mais tarde.

*

— Meu nome é Isabella Camargo... Sou perita criminal da Polícia Federal.

— Pode passar, senhora! O corpo está logo ali... — Indica com a mão o policial militar. — Perto do lago sul.

— Obrigada! — Isabella desce aquele conjunto inicial de escadas e já começa a avistar aquele saco preto em que supostamente a vítima deveria estar. — Eu vou até lá!

— Quem é a senhora? — pergunta outro policial enquanto acabava de fechar o zíper daquele saco preto.

— Meu nome é Isabella Camargo, sou...

— Ei, Coronel! — grita outra policial — Deixa essa mulher fazer o trabalho dela... Ela é a perita da Polícia Federal... está autorizada a entrar aqui.

— Queira me desculpar, senhora! — O policial fica sem graça por não ter tido o conhecimento prévio. — Eu não sabia!

— Que isso! Está tudo bem! Posso? — Isabella se oferece para abrir aquele zíper, com a intenção de ter uma melhor visão do corpo inteiro da vítima.

— Fique à vontade, senhora... Nós acabamos de retirá-lo da água, mas ainda bem que o porteiro do hotel viu a cena.

— Desculpe-me, senhor... Mas que cena?

— Ainda não te contaram nada a respeito? Bom... a mulher casou aqui no hotel na outra semana... Eles estavam em lua de mel... e até fizeram uma festa aqui e tudo também... mas infelizmente o casal teve uma briga de madrugada e o rapaz a levou até a beira do lago e inesperadamente alguém o derrubou.

— E o que aconteceu depois?

— Bem... — O policial olha para o recepcionista do hotel. — De acordo com o relato daquele senhor ali, que viu tudo... alguém afogou esse rapaz.

— Mas a mulher não fez nada para impedir?

— Não, senhora! De acordo com o relato... logo na sequência... ela tomou uma coronhada na cabeça e desmaiou.

— Qual é o nome do senhor que viu tudo?

— É Alfredo, senhora.

— Quero falar com ele... Tem como?

— Um momento... Sebastião? — grita o policial. — Traga-me o senhor Alfredo aqui um instante, por favor.

— Pois não, senhora!

— O senhor Alfredo é você?

— É, sim, senhora!

— Conte-me o que o senhor viu.

— Bem, senhora... Eu estava na recepção do Hotel, fazendo o meu trabalho, quando... Esse casal saiu brigando do elevador.

— E eles foram para onde depois?

— Bom... sem querer me intrometer na vida alheia, mas... depois que eu vi aquela cena, eu mesmo decidi sair do meu ponto de serviço para ver o que iria acontecer. Pois, pelo jeito que aquele rapaz estava empurrando sua esposa... boa coisa não ia dar. A senhora me entende?

— Prossiga, senhor, por favor... — diz Isabella, averiguando o corpo do rapaz.

— Aí eu me dirigi para a entrada do hotel e vi tudo... Ele levantou a moça no ar e a jogou para dentro do gramado do lago, pois o portãozinho que dá acesso ao gramado fica fechado pela madrugada.

— E depois, senhor?

— Bem... Ele a pegou pelo braço e foi até o lago. E de lá começaram a se bater. Até que veio outra pessoa e apartou a briga, separando-os. Mas logo na sequência... essa mesma pessoa se encarregou de brigar com o rapaz, o jogando no lago... E, depois, esse desconhecido resolveu dar uma coronhada na cabeça daquela moça ali, que acabou caindo no chão totalmente desacordada.

— Continue...

— Aí essa mesma pessoa entrou no lago e começou a afogar o rapaz, que se debatia muito dentro d'água.

— Então essa pessoa era um homem? — Isabella tentou supor, vendo toda aquela musculatura da vítima.

— Não sei, senhora... não consegui identificar o seu rosto.

— Entendo! E o que essa pessoa fez na sequência?

— Também não sei te responder isso, senhora... porque depois disso voltei para o meu posto para avisar a polícia do ocorrido.

— Compreendo, senhor.

— Posso lhe ajudar em mais alguma coisa,

senhora?

— Não! Pode ir, senhor Alfredo. Eu assumo daqui.

Isabella olha para o corpo nu daquele homem, e inesperadamente repara em suas mãos.

O que é isso? Suas mãos estão simplesmente dilaceradas. Mas o que será que aconteceu aqui? — Isabella pensa sobre aquilo, não conseguindo tirar sua atenção do corpo da vítima.

— Senhora Camargo! — outro policial chama a sua atenção. — Desculpa interromper o seu raciocínio, mas... esse bilhete estava ao lado do corpo da vítima, senhora...

— Obrigada! — Isabella pega o bilhete, e começa a ler aquilo um pouco espantada.

Como Joaquim Rolla, Eu sou aquele que faz milagres com as mãos.

O que isso significa? — Isabella pensa consigo.

— Senhora Camargo! Essa é a sua nova companheira no caso.

— Olá! Prazer...! Meu nome é Beatriz Marroquim, e também sou perita criminal.

— Oi! — Isabella aperta a sua mão da moça, sentindo que agora estava num caso de verdade.

— Já fui informada de tudo no caminho.

— Que caminho? — Isabella fica sem entender.

— Ah... vim do Rio o mais rápido que consegui. O meu superior já me passou tudo... Quem diria que íamos ter um assassinato desses em Petrópolis,, hein? hein?

— Pois é! Eu também nunca poderia imaginar que isso algum dia iria acontecer aqui.

— O pessoal do Rio também não acreditou, mas é a vida, né?... Cadê o bilhete?

— Está aqui, Beatriz!

Isabella lhe passa o bilhete, se sentindo um pouco em êxtase por estar olhando fixamente para um corpo nu em sua frente, custando acreditar que realmente estava em um caso de verdade agora.

— Parece que a pessoa gosta de passar pistas sobre a sua vida... — Beatriz começa a supor. — O que dá a entender que talvez essa pessoa não pare somente nessa vítima, não acha?

— O que você está me dizendo? — Isabella debocha daquela teoria. — Que talvez possamos estar diante de um assassino em série? É isso mesmo? Em Petrópolis? Sei lá, mas... eu acho meio difícil isso... pois continuo acreditando que quem fez isso... foi somente para salvar aquela mulher de seu marido, me entende?

— Temos que avaliar todas as possibilidades antes de chegarmos a qualquer conclusão, não acha? — Beatriz tenta colocar mais respeito naquela interação.

— E vamos avaliar... — diz Isabella, indo em direção àquela que estava perto da ambulância chorando.

*

— Oi... Com licença... — Isabella vê aquela mulher envolta de um cobertor branco. — Será que nós poderíamos fazer algumas perguntas?

— Claro! O que quer saber?

— Aquele era o seu marido, não era?

— Era sim... Ficamos hospedados aqui na lua de mel.

— Entendo! Mas o que realmente aconteceu? — Isabella tenta apurar todos aqueles relatos.

— Tivemos algumas brigas... — reflete a mulher envolta naquele cobertor — Logo depois do casamento... e eu logo percebi que a personalidade dele tinha mudado.

— Mas você não percebeu isso antes de se casar com ele? — pergunta Isabella.

— Por incrível que pareça... Não! Ele sempre me tratava como uma rainha, mas depois que nos casamos tudo mudou, sabe?... Desculpe-me, mas quem são vocês?

— Eu sou Isabella Camargo... Sou perita criminal da Polícia Federal. E essa é minha parceira...

— Prazer!... — cumprimenta-a educadamente. — Me chamo Beatriz Marroquim e também sou perita.

— Estamos à frente desse caso — diz Isabella, com orgulho.

— Mas como eu estava falando... Ele era um doce de homem, mas depois acabou ficando muito ciumento... Gostava de controlar o que eu ia vestir e às vezes até me batia.

— Ele chegou a te bater quando estavam hospedados no hotel? — pergunta Beatriz, um pouco ansiosa para colher todas as informações possíveis sobre aquele caso.

— Umas duas vezes... Até cheguei a comentar isso com as minhas amigas, e me lembro que elas acharam isso um horror. Mas sabe como é, né? Vai chegando a idade e a sociedade te pressiona a não ficar sozinha... Então acabei me acostumando com a personalidade dele, fazer o quê?

— Mas por que você não o denunciou antes? — pergunta Isabella, não entendendo toda aquela submissão.

— Não tive coragem... Pois se ele desconfiasse de alguma coisa, era bem capaz de fazer coisas bem piores comigo, entende?

— Compreendo! — Beatriz tenta confortá-la.

— Desculpe-me as palavras... mas... por incrível que pareça... agora até me sinto mais aliviada, sabe?... Eu gostava dele, mas estava começando a acreditar que ele poderia ser capaz de me matar se fosse necessário.

— Mas você não conseguiu identificar quem fez isso com ele? — pergunta Isabella, achando tudo aquilo muito estranho.

— Infelizmente, não... A pessoa usava um gorro

no rosto, dava para ver apenas os seus olhos. E, se me lembro bem... também usava luvas pretas nas mãos.

— Ela era mais alta que o seu marido? — pergunta Beatriz.

— Era do mesmo tamanho que ele... devia ter 1,80 cm, por aí...

— Obrigada pelas informações...? — Isabella fica um pouco sem graça de perguntar o seu nome já no término do interrogatório.

— Ah... Meu nome é Rayza... Desculpe-me.

— O erro foi meu... Agora vamos deixar você descansar em paz, está bem? Obrigada pelas informações.

— Estou à disposição para o que quiserem, está bem?

*

— Mas que caso estranho esse, hein?

— Pois é, Beatriz! Eu acabei queimando minha língua, achando que nesta cidade nunca ia ter um caso assim antes, e agora olha só para isso...

— Nunca subestime cidade alguma, parceira.

— Vivendo e aprendendo.

— O corpo não tem nenhuma digital... — Beatriz observa as fotos do cadáver.

— Nem nas mãos? — pergunta Isabella, tentando achar alguma evidência.

— Nem nas mãos — diz Beatriz, não conseguindo tirar os seus olhos daquelas fotografias.

— O que será que o bilhete quer dizer? — Isabella

fica intrigada.

— Não sei... Talvez seja alguma espécie de dica, sei lá...

— Que dica? — pergunta Isabella, querendo acompanhar aquele novo raciocínio.

— De alguma profissão que usa as mãos, como a medicina, por exemplo... vai saber — chuta Beatriz, não sabendo direito por onde começar naquele caso.

— Pode até ser... Mas a pessoa que fez isso conhecia muito bem o casal, não acha?

— É uma opção... — Beatriz tenta acompanhar por aquele viés. — Eu acabei puxando o nome de Eraldo Bittencourt em nossos bancos de dados, e advinha só? Ele está limpo... Sem nenhuma passagem pela polícia, muito menos qualquer tipo de denúncia por agressão.

— Eu tenho quase certeza que a pessoa que matou o Eraldo era do círculo social do casal. Você não a escutou dizendo... que ligava para suas amigas para reclamar dele? — Isabella tenta começar por algum lugar.

— Que tal se chamássemos elas, então? — propõe Beatriz à sua parceira.

— Não custa tentar! — Isabella fica animada com aquela nova perspectiva. — Enquanto eu chamo as amigas dela para depor... que tal se você se encarregasse de chamar os amigos dele também?

— Até que não é uma má ideia... — Beatriz aceita o desafio. — Mas que tal se chamássemos a família da vítima para depor também? Pois acredito ser muito importante o depoimento de todos eles para o inquérito policial... O que acha?

— Vou aproveitar para chamar a família da Rayza também — Isabella concorda com aquela ideia.

*

— Estamos aqui hoje para fazer apenas algumas perguntas, tudo bem?... — Isabella se prontifica a falar, olhando para todas aquelas pessoas na delegacia.

— Todos estão aqui, Isabella! — a sua parceira lhe comunica, vendo que aquele dia seria bem longo.

— Vá você na frente, Beatriz — pede Isabella, achando que sua parceira se sairia bem melhor do que ela.

— Se prefere assim... Está bem!... Senhor Vicente Bittencourt... Acompanhe-me, por favor.

*

— Vocês, por acaso, conhecem alguém que poderia ter cometido essa atrocidade com o filho de vocês? — pergunta Beatriz, acomodando os pais da vítima naquela sala.

— Infelizmente... não, senhorita Beatriz... — responde o pai da vítima, ainda muito abalado.

— Não sabemos quem poderia ter feito isso com o nosso menino... Logo ele que era tão querido por todos — responde a mãe da vítima, tentando confortar seu marido.

— Ele por acaso já criou alguma inimizade com alguém? — pergunta Beatriz, enquanto tomava um pouco de café.

— Inimizade nós sempre vamos ter, minha querida... mas nada que chegasse a esse ponto, me entende? — responde a mãe da vítima, ainda em estado de choque.

— A Rayza nos contou que ele nos últimos dias estava um pouco violento... Vocês sabem de alguma coisa a respeito? — pergunta Beatriz, querendo descobrir qualquer coisa.

— Não, senhora! — responde convictamente o senhor Vicente. — Nosso filho sempre foi um doce de pessoa...

— Ele nunca seria capaz de machucar ninguém, a senhora nos entende? — a mãe da vítima completa com mais aquela informação.

— Ele fazia uso de alguma droga ou remédio controlado que poderia afetar o seu humor? — pergunta Beatriz, ansiando em achar alguma pista que comprovasse suas teorias.

— Nosso filho nunca usou drogas! — senhor Vicente responde com confiança, querendo logo descartar aquela hipótese do interrogatório.

— A única coisa que ele tomava era um medicamento para a ansiedade, mas nada que alteraria o comportamento dele... acredito eu — fala a mãe da vítima, querendo ajudar com quaisquer esclarecimentos que pudessem surgir a respeito.

— Compreendo, senhora Fabiana... Vocês se incomodariam se... eu chamasse o irmão dele para fazer parte dessa conversa também?

— Não, senhora! Pode chamar! — responde o

senhor Vicente.

— Com licença... Senhor Tiago Bittencourt... por favor!

— Ah! Claro! — Tiago se levanta rapidamente, indo ao encontro da agente. — Sim?

— Sente-se... Você por acaso sabe quem poderia ter feito isso com o seu irmão? — pergunta Beatriz, começando a se desmotivar com aquele interrogatório.

— Sinceramente... Não!... — responde Tiago, ainda não acreditando que estava passando por aquilo tudo com a sua família. — Ele era um cara querido por todos. Nem desconfio quem possa ter feito isso com ele.

— Entendo... Eu acho que é só... — Beatriz se levanta Beatriz, esperando que todos pudessem sair de sua sala. — Se me derem licença... Vou chamar os amigos mais próximos de Eraldo agora, tudo bem?

— Senhorita Beatriz... — chama Fabiana, mal contendo suas lágrimas. — Por favor... achem o responsável por essa atrocidade. Queremos justiça! Pois quem fez isso merece estar na cadeia.

— Pode deixar, senhora! Vamos pegá-lo mais cedo ou mais tarde... Você tem a minha palavra. — diz Beatriz, tentando transmitir mais segurança em seu comportamento.

*

— Senhores... — Beatriz lê o papel mais atentamente. — Ricardo, Otávio e João, por favor... Acompanhem-me, por aqui.

— Sim, senhora! — respondem unissonamente.

— Algum de vocês pode me dizer quem poderia ter feito isso com o Eraldo?

— Não temos a menor ideia, senhora... — responde Otávio, em nome do grupo. — Nosso amigo nunca teve inimigos, sabe? Por onde passava fazia muitos amigos. Ele era simpático, extrovertido e ainda por cima todos gostavam dele. Só que o Eraldo tinha um problema...

— Que tipo de problema? — Beatriz tenta se concentrar naquele aspecto.

— A senhora deve ter percebido... Seu físico era invejável. Todas as garotas "caíam matando" em cima dele. E ele, às vezes... acabava pulando a cerca... se a senhora me entende, é claro.

— Mas não era culpa dele... — responde João, em defesa do amigo. — Eram as mulheres que o procuravam.

— Compreendo... — Beatriz tenta manter a atenção naquele interrogatório, mas já sabia que aquilo não ia dar em nada. — E vocês acham que alguma dessas mulheres poderia ter ficado com um certo ciúme... depois que ele casou?

— Com toda a certeza, senhora... — responde Ricardo, sorrindo para os amigos. — Isso eu não vou negar.

— Mas nada que fosse comparado a esse crime brutal, entende? — responde Otávio mais sério e reflexivo, já percebendo o que a agente queria lhes dizer.

— Então, tá bom!... Por hoje é só, pessoal... — Beatriz anota as últimas informações, se sentindo um pouco frustrada com tudo aquilo. — Já podem ir!

*

— E aí, como foi? — pergunta Isabella, muito sedenta por novas informações.

— Nada de mais... O cara só era um pouco mulherengo mesmo...

— Espero ter mais sorte... — diz Isabella, olhando para a sua lista. — Celeste, Carlos e Bernardo, por favor... Por aqui.

— Vou só fazer algumas perguntas, tudo bem? Rayza nos contou que o Eraldo era um pouco agressivo... Isso procede?

— Não! De maneira nenhuma... — Carlos responde com confiança. — Ele era muito gente boa.

— Muito calmo e tranquilo também. — Celeste sorri para a agente, ao adicionar mais aquela informação.

— Eu não gostava muito dele, não... — responde Bernardo, sentindo um pouco de ciúmes de sua ex-mulher.

— Por quê?

— Bem... Ela me traiu com ele... — diz Bernardo, ainda sentindo muita raiva daquilo. — Eu até pensava que ela estava feliz comigo, sabe? Temos o Pedro juntos... éramos a família perfeita... mas ela não quis assim. Então... fazer o que, né?

— Não sei para que ela quis casar de novo... — desabafa Celeste, não entendendo muito bem toda aquela situação que sua filha tinha se metido.

— Nossa filha nunca foi fiel a ninguém, a não ser para o seu filho... — Carlos solta aquele pensamento, olhando um pouco sem graça para o seu antigo genro. — Mas, enfim...

— Acho que por hoje é só isso mesmo... Acompanhem-me até a saída, por favor... — se levanta Isabella, sentindo as mesmas frustrações que a sua parceira no caso.

*

— Mayara, Yasmin e Fernanda, por favor... — chama Isabella, se concentrando naqueles nomes.

— E quanto a vocês? Alguém tem alguma coisa a declarar sobre o ocorrido nessa madrugada? — pergunta Isabella, achando aquilo tudo patético.

— Temos, sim! — Fernanda cria coragem para começar a falar. — Achamos que foi algum caso que a Rayza teve antes do casamento.

— Explique isso melhor... — Isabella volta a se concentrar, achando que aquela declaração poderia lhe levar a algum rastro.

— Bem... nós três sabemos que a Rayza não é presa a ninguém, mas, por outro lado, ela sempre gostou de se casar... — responde Mayara, percebendo a aprovação de suas amigas naquele quesito.

— Mas ela chegou a ter algum caso com alguém antes do casamento? — pergunta Isabella, ficando muito intrigada com aquele assunto.

— Com toda certeza! — Yasmin responde com

muita convicção.

— Ela chegou a comentar com vocês?

— Chegou! — responde Fernanda, um pouco sem graça com aquela situação. — Mas ela não falou quem era... Mas desconfiamos que o Eraldo ficou sabendo disso tudo. E por isso ele teve toda aquela crise de raiva e ciúme em frente ao lago, entendeu?

— Entendi!... — Isabella anota aquela informação em seu caderno. — E vocês sabem me dizer se o Eraldo era agressivo com ela?

— Bom... Só quando descobria alguma traição dela. — responde Yasmin, não conseguindo entender aquele tipo de relação aberta que eles tinham. — Mas fora isso... Ele era sempre divertido com todas nós.

— Por enquanto é só isso... — Isabella abre a porta de sua sala, se decepcionando muito com aquele caso. — Vocês já podem ir... Obrigada!

*

— E aí, Isabella?... Descobriu alguma coisa relevante para o caso? — pergunta Beatriz, querendo muito que a sua parceira tivesse tido mais sorte do que ela.

— Infelizmente, não... E adivinha?... Ela também pulava a cerca.

— E por que casaram, afinal? — Beatriz fica sem entender aquilo.

— Vai saber, Beatriz... O ser humano é muito complexo... Então... como os dois pulavam a cerca... talvez queriam apenas se casar para continuarem sendo livres, não acha?

— Só espero que esse seja o último homicídio em Petrópolis. Pois não quero que a taxa de mortes suba por aqui — responde Beatriz, pensando na catástrofe que seria se os números de mortes continuassem a subir naquela cidade.

— Tomara que isso não volte a ocorrer por aqui — Isabella concorda com sua parceira, começando a se preocupar com a liberdade inapropriada daquela pessoa que tinha cometido esse tipo de atrocidade.

*

— Alguém acabou de me mandar uma mensagem... — Isabella avisa a sua parceira no caso.

— O que está escrito? — Beatriz fica curiosa, enquanto olha as fotos do corpo da vítima.

Não gosto de agressões e muito menos de ciúmes... O Eraldo ultimamente tinha começado a agredir a Rayza... como sei disso?... Ela mesma me confidenciou em áudios que eu posso comprovar se quiser. E em relação ao ciúme... acredito que alguém que queira viver um amor livre, não pode em hipótese nenhuma, sentir ciúmes de sua parceira ou parceiro... e é exatamente por isso que não precisamos mais dele em nosso caminho.

— O assassino está se comunicando com a

gente... — Isabella se levanta da cadeira, ao se perguntar como ele tinha conseguido o seu número de celular.

— Dê-me esse celular aqui... Deixa-me ver essa mensagem direito. — Beatriz rapidamente o pega da mão de sua parceira.

— Será que você poderia rastrear o número para mim? — pergunta Isabella, vendo sua parceira lendo aquela mensagem.

— Mas é claro! Isso é mole... — Beatriz termina de ler aquela mensagem com muita confiança — Como o assassino pode ser tão burro assim. Nem acredito que vamos finalmente pegá-lo.

— Deve ser uma armadilha... — Isabella se preocupa com aquilo. — Ele não ia se entregar tão facilmente, não acha?

— Espere um segundo... — Beatriz começa a digitar aquele número em seu notebook. — Puta que pariu!

— O que foi? — Isabella fica sem entender a reação de sua parceira.

— O filho da puta está usando um celular sem identificação.

— Mas como você sabe? — Isabella se aproxima da tela daquele notebook.

— Olha aqui! — Beatriz ajeita a tela de seu notebook, com a intenção de que sua parceira pudesse ver melhor. — A Polícia Federal tem um programa que rastreia automaticamente qualquer número de telefone, mas, nesse caso... o assassino ou assassina... está usando um celular bloqueado, que incapacita qualquer tipo de rastreamento.

— Essa pessoa é esperta... — Isabella se sente mais desafiada naquele caso. — Eu sabia que ele ou ela não ia se entregar assim tão facilmente... Mas pelo menos temos um canal de comunicação agora. E isso já é alguma coisa... Não acha?

— Já é um começo... — diz Beatriz, tentando de tudo para rastrear aquele número mais uma vez.

3. O ENIGMA

— Senhora Beatriz Marroquim?...

— Sim! — Beatriz abaixa os seus óculos, para prestar mais atenção naqueles dois homens que estavam a sua frente. — Em que posso ajudar?

— Somos da Polícia Militar e viemos informar que temos mais um corpo.

— Onde? — pergunta Beatriz, retirando imediatamente os seus óculos do rosto.

— Na Catedral São Pedro de Alcântara, senhora — responde o outro policial.

— E quando isso aconteceu?

— Foi de madrugada, senhora... O padre nos disse que quando foi abrir a catedral, às 6h, o corpo já estava lá.

— Um momento... Vou chamar a minha parceira...

— Fique à vontade! — responde o policial, não querendo atrapalhar a rotina de ninguém.

— Isabella?... Venha cá um minuto, por favor.

— Oi!... Aconteceu alguma coisa? — pergunta Isabella, percebendo toda aquela expressão atônita de sua parceira.

— Infelizmente, sim!

— O que foi dessa vez? — Isabella já tenta prever o pior.

— A pessoa do celular voltou a fazer mais uma

vítima. Só que dessa vez estou com medo de que a imprensa esteja dando cobertura ao caso.

— Mas que merda, hein? — Isabella não gosta nenhum pouco daquilo. — Mas onde foi agora?

— Dessa vez a pessoa deixou um corpo na catedral.

— Vamos para lá então... — Isabella corre até a sua sala para pegar a sua bolsa.

— É melhor eu levar a minha câmera... Encontre-me no carro! — Beatriz fala alto, se esquecendo de manter a calma.

*

— Meu Deus! — Beatriz fica simplesmente hipnotizada com a cena. — Como alguém conseguiu fazer isso?

— E pergunta para mim? — Isabella termina de subir os últimos degraus da escadaria. — É difícil até de olhar...

— Agora eu entendo porque temos que ter um acompanhamento psicológico... Olha quanto sangue! — Beatriz ajeita a lente da sua câmera para começar a fotografar o local.

— É algo que vai ficar para sempre em minha memória... — diz Isabella, não conseguindo retirar os olhos daquela cena.

— Isso pode ter certeza! — Beatriz começa a tirar as primeiras fotos do corpo da vítima.

— Encontramos o corpo assim... — começa a

narrar o policial. — Dependurado pelas tripas do intestino delgado... Parece que alguém conseguiu amarrar o corpo pelo topo da porta de entrada, deixando o corpo em suspenso, com o coração para fora. Horrível, não? Nunca vi uma coisa dessas em toda a minha vida. E olha que já trabalho para a Polícia há vinte e nove anos.

— Agora a vítima é uma mulher... — Isabella reflete sobre aquele caso, tentando encontrar os motivos para aquela cena de horror.

— Pois é, senhora!

— Já chamaram alguém para desprender as tripas lá do alto da porta? — pergunta Beatriz, começando a se sentir enojada com aquela cena.

— Chamamos os bombeiros, senhora... E, les são os únicos que tem aquelas escada especiais.

— A imprensa acabou de chegar Isabella... — avi sa Beatriz, tentando tirar as últimas fotos da vítima.

— Falando em problemas... — Isabella já consegue ver alguns jornalistas olhando para a mesma cena, horrorizados também.

— Quem é o responsável pelo caso? — se aproxima uma jornalista, ajeitando o seu microfone.

— Somos nós! — falam unissonamente.

— Me chamo Jéssica e sou jornalista da tribuna de Petrópolis... eu gostaria muito se saber se esse caso tem alguma semelhança com o caso anterior?

— Responde você... — Beatriz volta a sua atenção para o corpo da vítima — Não levo nenhum jeito para isso.

— Bem... Ainda não sabemos se foi o mesmo assassino ou assassina que cometeu essas duas atrocidades, agora se me dão licença...

— Quem são vocês? — pergunta um outro jornalista, enquanto olhava para aquela cena sem acreditar.

— Eu me chamo Isabella Camargo e essa é... Beatriz Marroquim. Somos peritas criminais da Polícia Federal. Agora, se me dão licença... Preciso voltar ao meu trabalho.

— Podemos estar diante de um assassino em série? — pergunta Jessica.

— Desculpem, pessoal! Sem mais perguntas... — responde Beatriz, não querendo comprometer o seu trabalho.

*

— Pode soltar?... — pergunta o bombeiro do alto, prestes a soltar o corpo da vítima.

— Pode... já estamos segurando o corpo — avisa o policial. — Aeh! Prontinho... Agora vamos deitá-la com cuidado... Isso mesmo! — O policial começa a revistar o corpo, para ver se poderia encontrar alguma identificação da vítima. — Encontrei a carteira de motorista da vítima, senhora...

— Onde está? Deixa-me ver... — Beatriz para imediatamente de fotografar. — Qual o nome dela?

— Clara Gouvêa de Barros — diz o policial, ao ler o documento com cuidado.

— Filiação... Vera Gouvêa e Sérgio de Barros...

— Beatriz diz em voz alta, sentindo sua parceira se aproximar.

— Pelo menos já sabemos o nome do pai e da mãe... — diz Isabella, pegando a carteira da vítima nas mãos. — Melhor do que nada, não acha?

— Senhoritas! Desculpem-me pela intromissão, mas... — O policial fica com um pouco de medo de ser repreendido. — Esquecemo-nos de dar a vocês o bilhete que encontramos perto do corpo também... Aqui está ele.

Dentro do conceito da fé, faço milagres que qualquer um duvida.

Isabella lê em voz alta, tentando encontrar alguma charada que identifique o autor daquela atrocidade.

— Isso explica o coração para fora do peito, não?... — Beatriz começa a pensar naquele enigma, tentando traçar o perfil psicológico do sujeito.

— Pode ser... mas por que essa pessoa fez isso com essa mulher? — Isabella continuava sem entender aquilo.

— Vai ver o assassino ou assassina não concorda com alguma coisa que ela fez... Não sei... Estou apenas seguindo o meu instinto com base no primeiro assassinato.

— Espere um momento... — Isabella sente o seu celular vibrar. — Outra mensagem!

— O que será que essa pessoa está aprontando agora? — pergunta Beatriz, tentando desvendar aquele mistério em sua cabeça.

Descobri, recentemente, que essa juíza gostava de abusar e bater em seu filho, sem ter nenhum tipo de remorso. Vocês devem estar se perguntando como eu sei disso tudo, não é mesmo?... Bem... perguntem para a empregada que tomava conta do menino, pois ela tem todas as chaves que abrem o paraíso; mas felizmente eu acredito que a senhora Clara, a uma hora dessas... deva estar no inferno, porque é lá o lugar dela, não acham? Que Deus conceda todas as bênçãos a essa alma e que traga muita paz e misericórdia para o seu coração também. Até breve!

— A pessoa já nos deu mais pistas... — Isabella termina de ler a mensagem, entregando o seu celular para a sua parceira. — Agora já sabemos que essa mulher abusava de seu filho e, por isso, o assassino, ou assassina, decidiu acabar com a sua vida.

— Isso não vai parar tão cedo... — Beatriz já começa a prever o pior. — Essa pessoa vai continuar matando mais pessoas até satisfazer o seu parâmetro de justiça.

— E quem disse que essa pessoa vai se satisfazer completamente? — indaga Isabella, olhando para todos aqueles carros da imprensa, que tinham acabado de chegar.

— Ele ou ela não vai parar... E o que é ainda pior... — Beatriz olha para aquele corpo mais uma vez. — Se não pegarmos essa pessoa... talvez a culpa recaía inteiramente sobre nós, já pensou nisso?

*

— Simone Salgueiro!... Acompanhe-me por aqui, por favor... — Beatriz chama.

— Olá! Me chamo Isabella... Será que poderíamos fazer algumas perguntas para a senhora?

— Mas é claro, minha filha — responde a senhora Simone, um pouco apavorada com aquilo tudo.

— Há quanto tempo a senhora trabalhava para a família? — pergunta Isabella, achando muito estranho aquele comportamento.

— Bem... Desde o nascimento de Ítalo... Deve ter uns 10 anos, ou menos um pouco.

— E a senhora já presenciou alguma coisa errada na criação de Ítalo Francovit? — pergunta Beatriz, querendo transmitir calma para aquela senhora.

— Infelizmente, sim... — A senhora Simone olha para os lados, para ver se mais ninguém estava escutando aquela conversa. — Minha patroa às vezes batia no menino, sabe? E deixava alguns hematomas bem visíveis pelo corpo. Não era frequente... mas quando o menino fazia alguma besteira... acabava apanhando dela. Eu ficava com muita pena dele... mas o que eu poderia fazer em uma situação dessas?

— E que tipo de besteiras Ítalo costumava fazer? — pergunta Beatriz.

— Coisas bobas... sabe?... Comer doces... Brincar até tarde na rua... Não gostar de fazer os deveres de casa, essas coisas...

— E só por isso a senhorita Clara resolvia bater no garoto? — Isabella olha para o rosto de sua parceira, sem entender.

— Exatamente... O garoto sofria bastante na mão dela... mas agora tudo acabou não é mesmo? — A senhora Simone fica um pouco sem graça por dizer aquilo, mas tinha simplesmente escapulido de sua boca.

— Por enquanto, sim... — Isabella acha tudo aquilo muito estranho. — Por favor, acompanhe-me até a saída, senhora Simone.

*

— Senhor Vinícius Francovit, por favor... — Beatriz chama, já começando a ficar estressada com aquela situação.

— Sou eu!

— Por aqui, por favor... Sente-se... Há quanto tempo vocês eram casados? — pergunta Isabella, começando a achar aquele caso muito interessante.

— Há mais ou menos 10 anos, senhoras.

— E você nunca percebeu nada de errado com a sua mulher? — pergunta Beatriz.

— De errado? Não! Clara era supercorreta no

trabalho... uma das melhores juízas que essa país já teve, me entendem?

— Estamos falando na vida familiar... — Isabella orienta para aquele enfoque.

— Bom... Eu notava que ela gostava de bater em nosso filho, mas era para ele aprender da maneira correta, sabe? O meu pai fazia isso comigo o tempo todo e olha só onde cheguei? Hoje a empresa Francovit, como todos sabem... é uma das maiores do mundo no setor de construção.

— Então você concordava com esse tipo de punição que sua mulher dava ao seu filho? — pergunta Beatriz, achando deplorável aquele tipo de comportamento.

— Sim! Era o jeito dela, não tinha outro jeito. Vejam só... Quando eu a conheci, em uma festa no Copacabana Palace, no Rio, ela já era assim... Gostava de ser controladora, sabem? Até na hora do sexo ela adorava controlar a situação... me amarrando e gostando muito de me bater quando era preciso. Fazer o que, né?... Foi exatamente por isso que eu me apaixonei por ela, compreendem? Então... A única coisa que eu quero agora é que vocês encontrem o responsável por isso... pois como eu sei que o papel de juiz nesse país é muito visado... tendo que andar com diversos seguranças a tira colo... acho que o responsável por essa fatalidade possa ser algum caso que ela julgou no passado, sei lá... Sempre pedi para ela andar com seguranças, mas ela... teimosa que era... nunca quis! Então... está aí o resultado disso tudo... Vocês viram os jornais hoje? Ninguém merece ser colocado na capa por causa de uma atrocidade dessas, me entendem? Ela tinha uma carreira a zelar como juíza, e agora olha só para isso... Quando o meu filho crescer e quiser procurar o nome da mãe na internet, verá o corpo dela nos jornais, ao invés do excelente trabalho que a mãe fazia, ao punir os marginais deste país. Isso é justo?

— Entendemos sua dor, senhor Vinícius... — Isabella tenta confortá-lo. — Não se preocupe! Encontraremos o responsável por isso, sim? Acalme-se.

— Vamos deixar o senhor descansar agora... — Beatriz abre aquela porta, ficando um pouco sem graça por ter sido um pouco rude com ele. — Fique tranquilo que manteremos o senhor informado, tudo bem?

*

— Senhora... Vera Gouvêa!... e senhor... Sérgio de Barros! Por favor... — Isabella chama. — Sentem-se...

— Por que a nossa filha foi a única a morrer aqui? — pergunta a mãe da vítima aos prantos. — Nessa cidade que se diz ser tão segura, hein? Alguém pode me responder isso?

— Ainda não sabemos quem fez isso com ela, senhora... — Beatriz tenta confortá-la. — Mas vamos fazer de tudo para descobrir, viu? Beba um pouco de água agora... vai te fazer bem.

— Acho bom mesmo... Pois este país acaba de perder a melhor juíza que alguém algum dia poderia produzir... — argumenta seriamente o senhor Sérgio.

— Onde já se viu? A morte da minha filha ser capa de jornal? Ela estudou tanto para isso? Sempre avisamos a ela para contratar alguns seguranças, e ela por acaso nos ouviu, foi? Agora olha só para isso... Acabou sendo morta na cidade que se dizia ser a mais segura do Estado do Rio de Janeiro... Parece até brincadeira isso...

— Acalme-se, senhor! — Isabella diz, bruscamente.

— Você quer que eu me acalme? Quem é você, vagabunda?... — O senhor Sérgio leva alguns beliscões de sua esposa por dizer aquelas obscenidades diante da Lei. — Esses merdas da Polícia Federal pensam que são gente... Onde já se viu isso?

— Retire o que disse, senhor, ou vou ter que te prender aqui e agora... — Isabella tranca a porta, não gostando nenhum pouco de ter escutado tudo aquilo.

— Pois me prenda... Acho que ficarei muito mais seguro aqui do que lá fora... com o psicopata à solta, não acham?

— O senhor é que sabe... — Isabella destranca a porta e vai até a sua sala.

— Acalme-se, meu amor, ou você vai passar a noite na prisão... É isso que você quer, é? Bote uma coisa na sua cabeça uma vez por todas... Elas não têm nada a ver com a história. Eu sei que dói... — A senhora Vera coloca sua mão em cima da dele. — Mas pelo menos temos o Ítalo agora para cuidar.

— Desculpem-me... — O senhor Sérgio respira fundo, tentando recobrar sua consciência. — Mas para a gente está sendo muito difícil tudo isso, me entende?

Nós nunca iríamos imaginar que nossa garotinha iria na nossa frente, sabe? Não era para ter sido assim... E essa imprensa maldita ainda mostra o seu corpo na capa dos jornais... Para que isso? Para vender mais jornais ou chamar mais atenção? Vou processar todos eles... Nem que eu torre todo o nosso dinheiro, meu amor. Me escutou bem?

— Entendo a sua dor senhor... e estamos aqui para ajudá-los, viu?... — Beatriz conforta-o, já vendo a sua parceira com as algemas na mão. — Não, Isabella! Deixa para lá... O senhor Sérgio ainda está muito abalado com toda essa situação desagradável. Agora vamos deixá-los ir, está bem?... Não se preocupem... No que depender da gente... logo, logo o responsável por isso estará na cadeia. Vocês têm a nossa palavra.

— Façam o melhor que puderem... — O senhor Sérgio segura no braço de Isabella, com muitas lágrimas em seus olhos. — Sei que colocaram as melhores nesse caso... Eles sempre colocam.

*

— Pelo visto a pessoa que matou essa mulher não gostava nenhum pouco de abusadores... — Isabella reflete um pouco sobre aquilo, olhando para todas aquelas fotos do corpo da vítima.

— Acho que a pessoa quis passar a mensagem que aquela mulher não tem coração... — Beatriz bebe um pouco de café, enquanto analisava aquelas fotos também.

— A grande pergunta é... como essa pessoa

conhece tão a fundo suas vítimas? — Isabella fica intrigada com aquilo, tentando encontrar algum caminho que possa seguir.

— Perece que o assassino, ou assassina, gosta de fazer justiça com as próprias mãos, não acha? — diz Beatriz, tentando traçar algum perfil psicológico em sua cabeça.

— A grande pergunta é... quando será que essa pessoa vai atacar novamente? Eis a grande questão! — fala Isabella, não conseguindo achar nenhum padrão para aquelas mortes.

— Infelizmente, só nos resta esperar, Isabella... — Beatriz apaga as luzes de sua sala, se sentindo muito inútil por não saber por onde começar.

4. A DELAÇÃO PREMIADA

— Quem será a uma hora dessas? — Felipe se vira na cama, tentando desligar aquele barulho em seu celular. — Não é o meu...

— É o meu, amor... — avisa Beatriz ao seu marido. — Não se preocupe... Volte a dormir.

— É do trabalho?

— É, sim! — Beatriz responde com um pesar em sua voz. — Mais um acaba de morrer nessa cidade... Dá para acreditar nisso?

— O quê? Mas é o mesmo cara que está fazendo isso tudo? — pergunta seu marido, ainda muito sonolento.

— Ainda não sabemos... — ela relê aquela mensagem novamente, enquanto ia colocando a sua calça jeans. — Mas, por enquanto... tudo indica que sim.

— Quem diria, hein?... — Felipe fica sentado vendo a sua esposa se vestir rapidamente. — Que essa cidade se tornaria perigosa... É... a história muda, não é mesmo?

— Deixe-me ir, meu amor... — Beija-o rapidamente, já com as chaves do carro na mão. — Vou aproveitar e passar no quarto do Guga também, antes de ir. Tchau!

— Bom trabalho, meu amor! — Felipe se cobre novamente olhando para as horas em seu celular. — Mas ainda é madrugada?...

*

— Temos que ser fortes, Beatriz... — Isabella tenta analisar friamente toda aquela situação. — Se quisermos permanecer nesse cargo, temos que enfrentar de tudo, não acha?

— Mas olha só para isso!... — Beatriz fica sem acreditar em seus próprios olhos. — A pessoa cortou a cabeça e colocou todo o cérebro para fora... Por que alguém faria isso? Com que intenção?

— Senhora Marroquim?... — um policial chama sua atenção. — Também deixaram esse bilhete perto do corpo.

— Obrigada! — Beatriz pega o bilhete, tentando se preparar psicologicamente para aquilo.

— Ele me parece bem familiar... — Isabella olha para o rosto da vítima, tendo a impressão que o conhece de algum lugar. — Mas agora não consigo me lembrar... Por que alguém mataria essa pessoa dentro do Museu Imperial?

— Isabella! Leia isso aqui, por favor... — Beatriz entrega o bilhete para a sua parceira, enquanto tomava coragem para começar a tirar as primeiras fotos do corpo da vítima.

Como Dom Pedro II, acredito que o conhecimento e a educação são as ferramentas mais importantes para alcançarmos um desenvolvimento adequado. Porém, para alcançarmos o tão sonhado estado de bem-estar social em nosso país, não podemos ter em

hipótese nenhuma, a corrupção envolvida no progresso de uma nação. Logo, acredito que, para alcançarmos um pleno desenvolvimento, precisamos limpar toda a corrupção envolvida no processo, para que assim possamos finalmente pensar fora da caixinha. Não acha, senhorita Camargo?

— Mas que merda, Beatriz! Este homem é o prefeito de Petrópolis... Porra... Essa não! — Isabella se desespera ao pensar na repercussão que aquele caso teria na mídia.

— Dessa vez... As fotos do corpo não podem vazar. — Beatriz se preocupa com aquilo, ao tirar mais algumas fotos do corpo da vítima.

— Isso não é o que me preocupa agora... — Isabella olha para a entrada do Museu Imperial, tentando traçar os passos daquele assassino. — Mas sim... como essa pessoa conseguiu colocar o prefeito de Petrópolis diante da entrada do Museu Imperial, se os portões lá de baixo ficam todos trancados?

— Não tenho a mínima ideia... — Beatriz olha para aqueles belos jardins se sentindo muito impotente diante do caso. — Ainda não sei como alguém consegue fazer uma atrocidade dessas sem ter ajuda de ninguém. E agora? O que fazemos?

— Vamos impedir que a imprensa venha até aqui em cima... O que acha? — Isabella imediatamente corre em direção a alguns policiais que estavam cercando o local. — Ei? Por favor! Impeçam que a imprensa suba, tudo bem?

— Pode deixar, senhora! Mas tem um problema... Eles já sabem que o prefeito morreu.

— Mas ninguém comentou... Como isso é possível? Ou também estou errada?

— Infelizmente... — O policial já percebe o julgamento daquela agente. — Alguém já vazou para a imprensa, senhora. Desculpe-me por isso, tá bem?

— Caralho! Mas que merda... — Isabella se desespera Isabella ao saber daquilo.

— Nada de mensagem ainda? — pergunta Beatriz, criando alguma expectativa sobre o desenrolar daquele caso.

— Esqueci-me de conferir o meu celular... — Isabella fica um pouco aturdida com aquele caso, se esquecendo completamente de conferir se tinha recebido alguma mensagem. — Pera aí... Ele mandou uma mensagem — comunica a sua parceira, se sentindo mais aliviada com aquilo.

— O que está escrito?

Acabamos encontrando um esquema de corrupção muito robusto no governo do senhor Rogério Damasceno, em Petrópolis, que junto com os deputados da Câmara, os senhores Fábio Cerqueira, William Netto e Márcio Lopes (sem contar o Vinícius Francovit também... esse mesmo... dono da empresa de construção)

também estavam envolvidos em um esquema de superfaturamento de obras públicas. E por isso... eu decidi me livrar desse criminoso, que provavelmente conseguiria sair da cadeia com a ajuda de bons advogados, é claro... que somente a classe burguesa é capaz de pagar, se é que me entendem?... Assim... fico muito feliz em ter facilitado o trabalho de vocês. Ate breve.

— Ele, ou ela, vai atacar de novo... — diz Beatriz, ao alertar a sua parceira. — Essa pessoa está fazendo justiça com as próprias mãos, não acha?

— Espere um minuto... A pessoa está me mandando alguns áudios e vídeos também. — diz Isabella, se sentindo mais viva do que nunca.

— Sobre o que se trata?

— Se me parece... são áudios e vídeos que incriminam todas essas pessoas... se entendi bem...

— Essa pessoa está nos ajudando a pegá-los... É isso mesmo?

— Se entendi bem... É isso mesmo, Beatriz.

— Pelo menos já temos provas suficientes para abrirmos um julgamento, não acha? — diz Beatriz, guardando sua câmera na bolsa.

— A grande questão é... por que alguém faria isso pela gente? — Isabella se pergunta Isabella, sem entender absolutamente nada a respeito.

— Talvez essa pessoa queira tornar o Brasil um lugar melhor... — Beatriz tenta supor.

— Será que é somente uma única pessoa que está por trás desses dois assassinatos? — pergunta Isabella, adentrando os jardins do Museu.

— Você acha que pode ser uma quadrilha? — chuta Beatriz.

— Talvez... Pode ser... se os casos continuarem... Porque, veja bem... não tem como uma única pessoa saber disso tudo em detalhes... Entende? Tem que ter mais gente envolvida nisso tudo.

— Analisando por esse lado... até que você pode ter razão — diz Beatriz, começando a entender aquelas mortes.

— Olha lá a imprensa! — Isabella já começa a avistar toda aquela multidão do lado de fora.

— Isso eu já deixo para você... — Beatriz já começa a caminhar um pouco mais atrás do que sua parceira.

*

— Por que fizeram isso com o prefeito? — pergunta uma voz vinda da multidão.

— Ao que tudo indica... — Isabella começa a falar, tendo muita dificuldade para enxergar com todos aqueles flashes em cima dela. — Temos informações iniciais que comprovam que o senhor Rogério Damasceno estava envolvido em um esquema de corrupção que englobava alguns representantes da Câmara dos Deputados também.

— Mas como vocês chegaram a essa conclusão? — pergunta uma jornalista, com muita dificuldade em se aproximar.

— Infelizmente... não podemos revelar a fonte. — diz Isabella, olhando para o seu celular.

— Vocês acham que pode ter sido a oposição? — pergunta outro jornalista.

— Que fez isso com ele? Sinceramente, não! — Isabella responde com muita segurança, tentando traçar algum paralelo com a morte anterior.

— Quem mais está ligado a esse esquema de corrupção? — pergunta outra jornalista lá de trás.

— Ainda temos que estudar todas as provas que recebemos antes de darmos um parecer final sobre o caso. — responde Isabella, se retirando imediatamente daquele local.

*

— Olha só esses vídeos e áudios, Beatriz... — Isabella vira o notebook para a sua parceira. — Pelo que eu entendi... essas pessoas estavam fazendo contratos superfaturados com a empresa de construção Francovit.

— Então essa pessoa da mensagem estava mesmo certa... — Beatriz começa a escutar todos aqueles acordos, sem entender muita coisa sobre aquilo. — Mas o que isso significa, afinal?

— Que qualquer obra que surgia para melhorar a cidade de Petrópolis eles acabavam colocando preços mais altos do que de fato era cobrado, visando apenas o benefício pessoal. — Isabella se levanta, ficando muito impaciente com tudo aquilo.

— Para onde você está indo? — pergunta Beatriz,

notando todo aquele comportamento ansioso.

— Vou fazer o pedido de prisão preventiva para os cinco... — responde Isabella, indo para a sua sala. — E, enquanto isso... você começa a comunicar aos advogados deles, tudo bem?

— Pode deixar comigo! — diz Beatriz, tentando se preparar para aquilo.

*

— Para início de conversa, não aceitamos qualquer tipo de delação premiada... — comunica Isabella para os advogados de defesa. — As provas já foram verificadas e os infratores irão responder pelos crimes que cometeram, sem que a justiça amenize suas penas... Vocês me entenderam?

— Sim, senhora! — respondem os cinco advogados unissonamente.

— Deixe-me ver aqui... Vamos começar por ordem alfabética... Fábio Cerqueira, por favor... Pode entrar com o seu advogado, sim? — Isabella abre a sua porta gentilmente.

— Para início de conversa, senhora... — o advogado começa a falar. — Gostaria de saber por quais crimes o meu cliente está sendo acusado. Por favor?

— Mas é claro! Vou te mostrar... — Isabella começa a mexer em seu notebook, com a intenção de procurar todas as provas que tinha no momento. — Aqui estão elas! Vocês querem o áudio ou o vídeo?

— Como assim, senhora? — O advogado de

defesa fica sem entender.

— Temos o áudio e o vídeo, então dá na mesma situação... que comprova a acusação — Isabella responde calmamente.

— Meu cliente prefere o vídeo, senhora — responde o advogado de defesa.

— Tudo bem... Aqui está ele! — Isabella vira o seu notebook para que eles pudessem ver o conteúdo daquele vídeo. — Prestem muita atenção porque só vou colocá-lo uma vez... Os senhores me entenderam?

— *Qual valor vamos colocar para a reconstrução do asfalto da rua Coronel Veiga?* — pergunta Fábio.

— *Que tal duzentos e cinquenta mil?* — Vinícius propõe. — *A obra sai por cinquenta mil, mas eu tenho que lucrar também... Você me entende?*

— *É claro!*

— *Vou querer cem mil. E você,* Fábio?

— *Cem mil também!*

— *Negócio fechado!* — responde Vinícius, apertando a mão de seu amigo.

— *Vou colocar esse dinheiro na Suíça, pois assim fujo desse maldito imposto de renda... O que acha?* — diz Fábio em tom de zombaria.

— *Ótima ideia, meu amigo!... É a melhor coisa a se fazer nesse momento.*

— Suas contas já estão todas bloqueadas... — comunica Isabella, endireitando o seu notebook novamente. — E esse dinheiro já voltou para os cofres públicos... Agora, se me dão licença... — Ela se levanta, sem muita paciência para conversas de advogado. — Você será julgado por uma juíza, em uma audiência pública, dentro do prazo de trinta dias. Boa sorte!

*

— Senhor... Márcio Lopes! Por favor... — chama Beatriz, se dirigindo para a sua sala.

— Antes de mais nada... Eu gostaria muito que vocês vissem esse vídeo. — Beatriz fecha sua porta, não querendo ser incomodada de maneira nenhuma.

— *Como você está, Vinícius?* — pergunta Márcio.

— *Eu estou bem,* Márcio. E quanto *a você?*

— *Bom... Que tal se formos direito ao assunto, hein?* — Márcio se ajeita na cadeira.

— *Estamos aqui para isso, meu amigo...* — responde Vinícius, não querendo levar aquilo muito a sério. — *Então... a restauração da Catedral São Pedro de Alcântara ficou em doze milhões, pelo que eu estou vendo aqui... mas que tal se cobrássemos vinte e quatro milhões, hein?*

— *Seis para mim e seis para você?... Acho que essa proposta é irrecusável,* não é mesmo?

— *Acredito que você nunca ganhou essa cifra em sua vida...* — Vinícius supõe, percebendo aquele estado de êxtase que conhecia muito bem. — *Ou estou enganado?*

— *É a primeira vez!* — Márcio se orgulha muito daquilo.

— *Os primeiros seis milhões a gente nunca esquece, não é mesmo?* — Vinícius sorri ao apertar a mão de seu amigo.

— *Onde eu assino?* — pergunta Márcio, ainda muito aturdido com aquela situação.

— *Ah... Quase ia me esquecendo... Bem aqui, meu amigo.* — Vinícius indica com a mão, adorando fazer parte daquela história.

— *Perfeito!*

— Podemos fazer um acordo? — propõe a advogada de Márcio.

— Não estamos mais aceitando a delação premiada, me desculpem... — diz Beatriz, tentando endurecer o seu coração. — Agora é com o juiz... Em uma audiência pública, dentro do prazo de sessenta dias. Boa sorte!

*

— Senhorita... Rose Mendez Damasceno, por favor... — Isabella chama. — Acompanhe-me por aqui...

— A senhora precisa achar o responsável por essa fatalidade... — Rose se desespera, sem entender o motivo da morte de seu marido. — Ele não podia morrer assim... desse jeito! Ele amava essa cidade com todo o seu coração, a senhora me entende?

— Senhora!... Vamos encontrar! Não se preocupe... mas, antes... eu tenho que falar com o advogado de vocês, pois temos provas que o seu marido roubou dinheiro dos cofres públicos enquanto ainda estava em campanha. A senhora entende a gravidade disso? — pergunta Isabella, tentando ser a mais compreensível possível com a dor dos outros.

— Deixa que eu assumo daqui, senhorita Damasceno... — fala o advogado de defesa, se preocupando muito com o estado emocional de sua cliente. — Quais são as provas que vocês têm?

— Esse vídeo aqui! — Isabella lhe mostra gentilmente.

— *Os meus conselheiros acham que você vai ganhar...* — diz Vinícius, muito sorridente. — *E, pelas pesquisas... tudo indica que vai ser de lavada. Por isso temos um presentinho para você...*

— *Mas que tipo de presente?* — Rogério fica sem entender Rogério, um pouco nervoso com aquilo tudo.

— *Uma quantia no valor de quatro milhões de reais. O que acha?* — propõe Vinícius.

— *Mas para que esse montante todo?* — Rogério continua sem entender por que que estava ganhando aquela quantia toda.

— *Para que você dê preferência para a nossa empresa... quando tiver alguma obra.*

— *Preferência em quê?*

— *Ora!...* — Vinícius ajeita o colarinho de seu terno, começando a ficar sem paciência para aquilo. — *Quanto tiver qualquer tipo de obra na cidade... seja ela de construção... reconstrução... ou até mesmo de restauração em algum ponto turístico... você indica os nossos serviços, tudo bem?*

— Só isso?... — Rogério sorri para ele. — *Mas é claro... Quanto a isso não se preocupe... Do que depender de mim... Se eu ganhar... somente a empresa Francovit fará os serviços necessários para a conservação da cidade de Petrópolis, está bem assim?*

— *É sempre bom fazer negócios com uma nova energia na política* — diz Vinícius, com um largo sorriso em seu rosto, enquanto apertava a mão de seu mais novo amigo no governo.

— Seu cliente aceitou o suborno da empresa de construção Francovit... — Isabella explica secamente ao advogado de defesa. — E por isso um juiz irá julgá-lo em uma audiência pública, num prazo de quarenta dias, sim?... Agora, se me dão licença... preciso chamar o próximo, tudo bem? — Isabella abre a sua porta, querendo logo despachar aquelas pessoas.

*

— Senhor... Vinícius Francovit... — chama Beatriz, na sala de espera. — Acompanhe-me por aqui, por favor.

— Já acharam quem fez aquilo com a minha esposa? — pergunta Vinícius à agente, pensando que aquilo tudo era para informá-lo a respeito.

— Infelizmente ainda não encontramos... — comunica Beatriz, reparando nas roupas daquele advogado muito bem vestido. — Mas hoje não é isso que queremos tratar.

— Logo vi... para pedirem que eu chamasse o meu advogado... — Vinícius olha para ele, tentando decifrar o que poderia ser.

— Olha... temos um vídeo do senhor que o incrimina e vamos mostrá-lo agora, tudo bem?

— O meu cliente tem direito à delação premiada? — pergunta o advogado, já esperando o pior.

— Infelizmente, não estamos mais aceitando esse tipo de opção, senhor... — Beatriz responde educadamente. — Vamos ao vídeo?

— Ótimo trabalho, filho... Daqui a pouco teremos o Brasil inteiro em nossas mãos, já pensou?... Crescer 200% ao ano?... Com a melhoria de aeroportos, estradas, estações de metrô e transportes públicos também. Já estou vendo tudo... Essa empresa entrará para a história. Você me enche de orgulho, filho... E logo... logo... eu irei deixar o meu cargo para você. Já cresci o que tinha para crescer, agora é com você.

— Depois que conquistarmos os últimos estados... gostaria muito de expandir internacionalmente, pai — propõe Vinícius, começando a mostrar os seus planos de negócios para o presidente. *— O que acha?*

— Brilhante ideia, meu filho... Mas isso já não é para mim... Não tenho mais cabeça para isso... Compreende a minha situação?

— Compreendo, pai!

— Mas me fala, filho... quanto você deu para o próximo prefeito de Petrópolis?

— Eu dei quatro milhões de reais, pai... Você acredita? O cara é um idiota mesmo... Saiu de graça essa cidade... Acho que o Rogério nunca viu tanto dinheiro em sua frente antes... Nem criou caso nem nada.

— Contanto que o dinheiro entre, meu filho... não reclamo de mais nada em minha vida.

— Esse não é o Leonardo Francovit?... — pergunta Beatriz, interrompendo o vídeo. — Presidente da empresa de construção Francovit?

— É o meu pai, sim... mas a senhora tem que entender que a nossa empresa sempre deu benefícios para os políticos... Isso acontece desde que eu me entendo por gente — Vinícius tenta explicar toda aquela situação, já percebendo o ar de poucos amigos da agente.

— Você não precisa me explicar nada... — Beatriz o interrompe, querendo despachá-lo de uma vez por todas dali. — A juíza irá julgá-lo em uma audiência pública, no prazo de oitenta dias, tá bem?... Agora, se puderem me acompanhar até a saída... Irei agradecer muito... Boa sorte no julgamento!

*

— Senhor... William Netto! — chama Isabella, se cansando de fazer todos aqueles interrogatórios que não levavam a nada, a respeito dos casos que ainda tinha que resolver. — Por aqui, por favor.

— Deixa que eu assumo daqui, viu? — fala bem baixinho para o seu cliente, a advogada.

— Estamos aqui hoje para te mostrar um vídeo, tudo bem?... Vamos a ele!

— *Quanto vai ficar a restauração do Museu Imperial?* — pergunta William, tentando controlar a sua ansiedade a respeito.

— *Em torno de dois milhões e meio...* — responde Vinícius, sem muita empolgação com aquela cifra.

— *Caralho!... Tudo isso, Vinícius?*

— *Achamos até que ficou bem baratinho... ou vocês querem o que?...* — Vinícius fica sem paciência. — *Que ele entre em chamas como aconteceu com o museu do Rio, é?*

— Não! Não! Vire essa boca para lá... O Museu Imperial é um dos nossos cartões de visita. Tá louco?... Mas agora falando sério... *Quanto é que vamos lucrar com essa brincadeira, hein?*

— *Que tal quinhentos mil para cada um?* — Vinícius propõe aquela quantia, não se empolgando nenhum pouco com aquilo. — *A obra sairia por três milhões, o que acha?*

— *Está ótimo! Acho que vou começar a investir em bitcoin, o que acha?* — pergunta William querendo muito saber a opinião de um empresário a respeito.

— *Acho um pouco arriscado ainda... É tudo muito novo... entende? Mas, por outro lado, todo o enriquecimento se dá através de riscos, então... Se arrisque! E veja no que vai dar no futuro* — Vinícius tenta encorajá-lo.

— Já é o suficiente... — Isabella quebra toda a expectativa da sala, ao fechar o seu notebook abruptamente. — O juiz irá julgá-lo em uma audiência pública num prazo de vinte dias... Agora se me dão licença... Eu e minha parceira ainda temos que nos concentrar nesses assassinatos... Então... Desejo-lhe boa sorte!

*

— Não quero mais fazer isso... — reclama Isabella para a sua parceira, ao terminar de fazer todos aqueles interrogatórios. — Tudo bem que estamos na frente de todos esses assassinatos, mas por outro lado... estamos fazendo coisas que estão além do nosso limite, não acha?

— Também concordo com isso... mas vamos fazer o que?... — responde Beatriz, ainda muita perdida com todos aqueles interrogatórios que tinha acabado de fazer. — Se os nossos superiores pediram para a gente administrar toda essa situação sozinhas, vai ver... eles não querem mais gente envolvida, já que a cidade é pequena... sei lá...

— Por esse lado, eu entendo, mas... ter que entrevistar toda essa gente... — Isabella começa a ficar muito estressada com aquela situação. — Enquanto poderíamos estar fazendo somente o nosso trabalho... Isso eu ainda estou sem entender.

— Que tal se ligássemos para os nossos superiores? — propõe Beatriz, pensando que não tinha nada a perder com aquilo.

— Até que não seria uma má ideia... — diz

Isabella, não sabendo mais o que iria fazer. — Pois isso já ultrapassou todas as proporções. Precisamos de reforços aqui... ainda mais se essa pessoa continuar matando por aqui.

— E, pelo visto... Infelizmente! Ele ou ela não vão parar tão cedo... — diz Beatriz ao mexer em seu celular.

— Já conseguiu encontrar o número? — Isabella pergunta muito impaciente. — Não podemos mais fazer todo o trabalho por aqui... Sinto que já estamos perdendo o controle da situação.

— Está chamando!... — Beatriz a interrompe momentaneamente. — Alô?... Aqui é a perita criminal, Beatriz Marroquim, da cidade de Petrópolis... Isso mesmo! Tudo bem com o senhor?

— Já sei o motivo da ligação... Vocês devem estar precisando de reforços, não é?...

— *Sim, senhor!*

— *Acabei de saber da morte do prefeito... mas não se preocupem... Já estamos mandando mais quatro pessoas para ajudar nesses casos, pois tememos que isso possa continuar até que peguemos o responsável por tudo isso. Tudo bem?*

— *Muito obrigado, senhor Antônio!* — responde Beatriz, já percebendo toda a agitação de sua parceira.

— *Mas pensem pelo lado positivo... agora pelo menos vocês já sabem trabalhar em outras funções dentro da Polícia Federal, não é mesmo?*

— *Mais uma vez... obrigada, senhor Antônio*

— diz Beatriz, encerrando a conversa em seu celular.

— Mas quanta cordialidade em uma ligação, hein?... — Isabella fica sem paciência, querendo logo saber o desfecho daquela história.

— Calma, Isabella!... Ele já estava mandando reforços para a gente, viu?... Não precisa você ficar assim... desse jeito!

— De quantos? — pergunta Isabella, tentando imaginar um número que daria conta do recado.

— O senhor Antônio está mandando quatro pessoas para cá. Está bom para você? — responde Beatriz, se sentindo muito mais aliviada com aquela nova situação.

— Só isso! — Isabella fica muito desanimada. — Mas e se as mortes continuarem?

— Aí já não sei... mas pelos menos já é alguma coisa, não acha?... Pelo menos poderemos nos concentrar somente em nosso trabalho agora — responde Beatriz, já ficando muito mais tranquila com aquilo.

— Tá! Tá bom!... — Isabella tenta manter a calma.

— Depois desse dia acho que merecemos um longo descanso, não acha? — Beatriz tenta quebrar o gelo, ao fechar a sua sala.

— Já estou curiosa para saber quem vai nos ajudar com tudo isso... E você? — pergunta Isabella, não conseguindo se desvencilhar por completo do trabalho.

— Já fico feliz se esse grupo ficar encarregado pelo interrogatório e pelo processo burocrático que tudo isso envolve... — Beatriz responde, com cansaço na voz.

— Eu também... — Isabella se tranquiliza, por pensar que não terá que fazer mais aquilo em sua vida. — Mal vejo a hora disso acontecer.

5. O CATIVEIRO

— Mas será que você não tem mais uma noite de sossego nessa cidade? — Mariane fica um pouco irritada ao voltar do banheiro.

— É o meu trabalho... — Isabella lê aquelas palavras em seu celular, já conhecidas. — Tenho que ir, Mari... Vê se consegue compreender, tá bem?... Assim como eu compreendo os seus também.

— Vai lá e arrasa, garota!... — Mariane dá uma palmada na bunda de sua companheira. — Estava só brincando com você mesmo.

*

— Os nossos reforços já estão no local... — Beatriz tenta comunicar aquilo para a sua parceira, já prevendo o pior.

— Mas já? Como eles chegaram aqui tão rápido? — pergunta Isabella, já se sentindo inutilizável. — O certo era a gente estar no local primeiro, não acha?... Agora só falta eles quererem roubar o nosso lugar... já pensou nisso?

— Mas eles não estudaram para a perícia criminal como nós estudamos... — argumenta Beatriz, duvidando muito daquilo.

— Mas isso não quer dizer nada... Olha só para a gente!... Também não estudamos para os interrogatórios... e olha aonde nós fomos parar — responde Isabella já temendo pelo pior.

— Não precisa ficar estressada... Vai dar tudo certo! É só você ser gentil e saber conversar que tudo se ajeita... Você vai ver!

— Por que alguém iria escolher a casa do Santos Dumont?... — Isabella fica muito curiosa com aquele caso. — Posso saber?...

— Todos os assassinatos até agora tiveram uma simbologia por trás, então... Acredito que esse não seja diferente. — responde Beatriz, já começando a imaginar o perfil daquela pessoa.

— Nada de mensagem até agora... — Isabella olha para o seu celular, enquanto dirigia. — Você já percebeu isso?... Essa pessoa sempre repete padrões em suas mortes. Muito estranho isso, não concorda?

— Bem pensado... Só nos mandam mensagem depois que checamos o corpo. — Beatriz também percebe. — Nunca tinha parado para pensar sobre isso...

— É... mas agora são duas vítimas de uma só vez... — diz Isabella, percebendo a quebra de padrão — Isso não é estranho?

— O que será que esses fizeram de errado dessa vez? — Beatriz tenta imaginar, já começando a ficar aflita com o novo caso.

*

— Senhoritas? — um policial chama a atenção das duas no local. — Pelo que fui informado... Esses são os seus novos reforços da Polícia Federal.

— Meu nome é Kaique Arantes... — Ele estica a sua mão simpaticamente. — Prazer em conhecê-las.

— Rafael Ferreiro!

— Sarah Cerqueira!

— Monique Andrade!

— Vamos ao trabalho? — Isabella propõe rispidamente, começando a subir aqueles degraus da casa de Santos Dumont.

— Como quiser, senhorita Camargo... — Rafael lhe acompanha pelos degraus. — Os corpos estão em uma espécie de sala de estar do inventor.

— Alguma dilaceração? — pergunta Isabella, causando certo desconcerto em seu novo parceiro de trabalho.

— Como você sabia disso? — Rafael fica sem entender aquilo.

— É que essa pessoa costuma repetir certos padrões enquanto mata... — explica Isabella, querendo logo ver a cena do crime. — É uma espécie de mensagem ou simbologia... Entenda como quiser.

— E ao lado do corpo encontramos esse bilhete aqui... — Sarah lhe entrega, um pouco curiosa para ver como uma perita criminal trabalha em seu habitat natural.

— Se me dão licença... — Beatriz começa a abrir a sua mochila. — Mas preciso tirar algumas fotos da cena do crime.

— Mas é claro!... — responde Kaique, querendo

ser o mais receptivo possível. — Agora é melhor nos retirarmos, pessoal... Vamos deixá-las fazerem o trabalho delas em paz... Não acham?

*

— Gostei desse cara... — Isabella sorri para a sua antiga parceira, percebendo que a nova equipe estava ciente de cada posição no trabalho. — Já estou vendo que não vamos ter problema nenhum aqui.

— Com a nova equipe, não... mas em compensação... — Beatriz olha para os dois corpos que estavam estirados ao chão.

— Leia! — Isabella passa o bilhete para Beatriz.

Como Santos Dumont, usamos os nossos braços para poder voar e utilizamos a nossa imaginação para poder alcançar. Porém não foi isso que encontramos nesse casal, que aprisionava a própria filha em casa, impedindo-a de sair. Isso é justo?

— Percebeu? — pergunta Isabella, olhando para os corpos.

— Sim!... — responde Beatriz, tirando várias fotos das vítimas. — Essa pessoa dilacerou os braços das vítimas para nos alertar que a filha do casal não tinha liberdade alguma em casa. Acho que é isso... Você pensou a mesma coisa que eu?

— Perfeito! — Isabella se orgulha muito de sua

parceira. — É por isso que adoro trabalhar com você. Pois, assim como eu... você também analisa todos os detalhes antes de falar.

— Vibrou? — pergunta Beatriz, vendo sua parceira colocar a mão no bolso de sua calça jeans. — Sempre que estamos avaliando o corpo de alguma vítima, essa pessoa te manda alguma mensagem. Isso é muito estranho!

Olá, senhorita Camargo! Vocês devem estar se perguntando por que matamos esse casal? Como vocês podem ver... nós dilaceramos os braços do senhor Estevão Albuquerque e de sua esposa, a senhora Danielle Queiroz, porque descobrimos que os dois estavam maltratando a sua bela filha, a senhorita Flávia Queiroz Albuquerque, que estava presa em uma espécie de cativeiro, em um sítio em Secretário, que fica na Estrada Retiro das Pedras, 1208, Pedro do Rio, CEP: 25755-320. Isso não é triste em uma família?... Ficamos muito felizes por termos conseguido tirar essa garotinha das mãos desses criminosos, pois agora ela será livre para ser o que quiser... Sem nenhum tipo de amarras... Até onde os nossos pensamentos podem nos levar agora?

— A mensagem está no plural! — Isabella avisa a sua parceira, enquanto lhe entregava o seu celular.

— Agora tenho certeza que não é somente uma pessoa que está por trás dessas mortes... Leia!

— Então quer dizer que pode ser uma quadrilha? — pergunta Beatriz, ao reler a mensagem mais uma vez para confirmar.

— Provavelmente! — Isabella responde com muita convicção. — Todas essas dilacerações nos braços... — Ela olha para aquilo horrorizada... — Isso explica o que eles querem transmitir com o significado de liberdade, já que esse casal aprisionava essa garotinha que eles mencionam na mensagem. Não acha?

— Isso é incrível! — diz Beatriz, não conseguindo tirar os olhos daquela imagem. — Se eles estiverem mesmo certos... nós conseguimos o endereço do cativeiro.

— Espere um momento... — Isabella percebe uma nova interação em seu celular. — Eles estão digitando novamente.

A menininha já está perto da Catedral... Pedimos para alguém te entregá-la, tudo bem?... Espero que ela consiga uma família que a ame e a deixe ser livre para imaginar o que quiser ser quando crescer. Até breve, senhorita Camargo!

— Mas que droga! A menina já está perto daqui. — Isabella olha pelas janelas, tentando encontrá-la.

— Você quer que alguém vá nesse novo endereço?

— pergunta Beatriz, enquanto lia a nova mensagem no celular de sua parceira.

— É claro!... cadê?... cadê?... cadê?... Essa imprensa está atrapalhando tudo... — Isabella não consegue ver nenhuma menina lá de cima. — Como vou saber quem é a garota?

— Espere aí... Beatriz pega a sua câmera e a coloca no zoom — Vamos ver!... Vamos ver!... Veja se pode ser esta aqui... Um carro preto acabou de deixá-la no Katz.

— Vou descer! — Isabella comunica a sua parceira, acreditando ser aquela menina.

— Te dou cobertura! — diz Beatriz, querendo muito tirar uma foto daquele encontro.

*

— Senhora Camargo! Como os corpos foram parar lá em cima? — pergunta uma jornalista ao ver a agente passando pelo meio daquela multidão.

— Deem-me licença, por favor... — Isabella pede amigavelmente, não querendo empurrar ninguém.

— Por que vocês ainda não conseguiram pegar o responsável por todas essas atrocidades? — pergunta outra jornalista.

— Quem disse que é uma pessoa somente? — Isabella responde, sem muita paciência. — Deixem-me passar, por favor...

— É verdade que agora a cidade de Petrópolis pode ser considerada um lugar perigoso para se viver? — pergunta outro jornalista.

— Por favor, pessoal! Deixem-me passar... — Isabella se esquiva da última jornalista — Flávia!... Flavinha!... Espere-me aí, viu?... Já vou te buscar! Não atravessa essa rua, não, me escutou bem? É muito perigoso!

— Tá bem, tia! — responde a menininha, ainda um pouco apavorada com toda aquela multidão que estava fechando a rua.

— Prontinho!... Agora eu consegui te pegar, viu?... — Isabella lhe pega com todo o cuidado, no colo, não querendo sofrer mais nenhuma surpresa naquele dia. — Vai ficar tudo bem... mocinha!

— Onde estão os meus pais, tia? — pergunta Flávia, já gostando de cara daquela pessoa. — Estava perdida quando vim para cá.

— Eles viraram uma estrelinha no céu, Flavinha... — Ela sente muita dificuldade em pronunciar todas aquelas palavras com ela no colo. — Mas agora vai ficar tudo bem, viu?... Eu vou cuidar de você.

— Eu quero os meus avós! — pede Flávia, começando a sentir muito medo daquela multidão.

— Já, já você vai encontrá-los! — Isabella sorri para a menina, começando a lhe segurar bem forte ao passar por entre aquela multidão. — Tem a minha palavra... está bem?

*

— Quem é essa?... É sua filha, senhora Camargo? — pergunta uma jornalista, tentando se aproximar das duas.

— Não!... Agora, se me dão licença... — Isabella começa a passar entre aquela multidão como se estivesse segurando um tesouro nos braços.

— Isabella! — Beatriz grita pelo seu nome. — Quer que eu a leve para a delegacia?

— Não! Não! Pode deixar... Você será muito mais útil indo com eles... — Isabella olha para a sua nova equipe, que já estava no carro esperando as duas. — Seja os meus olhos, Beatriz...

— Vou ser! — Beatriz se despede, indo em direção ao carro que já estava lhe esperando. — Cuide-se!

— Tire o máximo de fotos que conseguir... — diz Isabella, vendo sua parceira entrar naquele carro.

*

— Espere aí!... Eu conheço esse lugar... — Kaique estaciona o carro. — A minha tia comprou um cachorro aqui há algum tempo atrás.

— Isso aqui é um canil? — pergunta Beatriz, notando um monte de cachorros brancos em volta do carro.

— É o que parece... — diz Sarah, com um pouco de medo de sair do carro.

— Aqui é o Canil Schimmelpfeng... — Kaique se lembra do nome.

— Nossa! Mas que cachorros lindos... — Monique acaricia um deles ao sair do carro.

— São pastores-brancos-suíços... — diz Kaique, fazendo carinho em uma fêmea.

— Olha que pelagem! — Beatriz coloca a mão em

outro. — Deve dar muito trabalho para ficar assim.

— Quem vem comigo? — pergunta Rafael, ao entrar na casa.

— Eu vou! — diz Kaique, se desvencilhando de um macho.

— Eu também! — diz Sarah, querendo muito fugir daqueles cachorros que estavam a rodeando.

— Vamos ficar por aqui! — responde Monique, em nome de sua parceira também.

— Vamos olhar os canis, tudo bem?... — Beatriz começa a se movimentar, sendo seguida por todos aqueles pastores-brancos.

— Como quiserem! — fala Kaique, esperando sua colega entrar na casa também.

*

— Olha só para essa casa! — Sarah fica muita admirada com aquilo tudo. — Todos esses móveis rústicos... Lugar deslumbrante para se morar, não acham?

— Vou ver os quartos! — diz Sarah, começando a subir aquelas escadarias centrais.

— É digno de uma princesa! — Sarah fica muito admirada com aquilo tudo, ao olhar para aquela casa de boneca em tamanho padrão.

— Por enquanto tudo normal... — Rafael chega ao quarto.

— Pelo visto eles deram muito carinho à filha... — fala Kaique, não acreditando nenhum pouco naquela mensagem que sua parceira tinha recebido em seu celular horas antes. — Não acham?

— Também estou começando a acreditar que aquela mensagem era totalmente falsa — Sarah concorda com o seu parceiro, observando muito bem aquele quarto.

— Vou pegar esse notebook aqui... — diz Rafael, o fechando com cuidado. — Pode ter alguma informação importante.

— Vou ver o quarto das vítimas... — Sarah comunica a sua equipe, ao sair daquele quarto.

*

— Você também é do Rio, como a gente? — pergunta Monique, vendo a sua parceira trabalhar.

— Sou, sim! Cheguei aqui há alguns meses apenas... — diz Beatriz, enquanto tirava diversas fotos do local. — Só a minha parceira que é aqui de Petrópolis mesmo.

— Entendi! — Monique olha para todos aqueles canis. — Ela não parece ser muito amigável, não é mesmo?

— Ela é assim mesmo! — Beatriz para de tirar fotos por um instante. — Mas daqui a pouco ela se acostuma com vocês.

— Tomara! — Monique sorri de nervoso.

— No fundo, ela é uma boa pessoa. Só que ela se concentra demais em seu trabalho... É só isso mesmo. Não se preocupe! — Beatriz tenta tranquilizá-la.

— Aqui parece ser um lar bem normal... não acha? — Monique olha em volta, tentando encontrar alguma coisa que se pareça com um cárcere privado.

— É! Mas não se engane... na mensagem eles estavam dizendo que aqui existe uma espécie de bunker, que temos que encontrar, pois era lá que a menininha ficava — Beatriz se preocupa com aquilo, querendo remexer em cada cômodo daquela casa até encontrar.

—Vocês recebem essa mensagem diretamente do assassino? — pergunta Monique, não conseguindo esconder a sua curiosidade diante daquele caso.

— Sim!

— E vocês já tentaram alguma comunicação com ele?

— Na verdade... estamos desconfiadas que não seja somente uma pessoa que esteja por trás desses assassinatos. E sim... Uma espécie de organização criminosa, me entende? — Beatriz explica para a sua parceira.

— Por causa do bilhete que está no plural? — pergunta Monique, percebendo aquela diferença.

— Exato! O "nós"... deve significar alguma coisa, não acha?... É melhor procurarmos na casa essa espécie de bunker, se quisermos descobrir se os responsáveis por esse crime estavam certos ou errados.

— Será que eles já descobriram alguma coisa? — pergunta Monique a sua parceira, querendo logo revistar aquela casa para ver se encontrava o cativeiro.

— Vamos descobrir muito em breve.

*

— Vocês são os avós da Flávia? — pergunta Isabella, olhando para aquelas quatro pessoas a sua frente.

— Os maternos!

— E os paternos!

— Precisamos ver com quem a Flávia vai ficar depois do ocorrido, tudo bem?

— Podemos revezar! — propõe simpaticamente aquele senhor.

— E você é?...

— Meu nome é Alberto Queiroz... — ele a cumprimenta energicamente. — E essa é a minha esposa...

— Prazer em conhecê-la! — Ele estica a sua mão, tentando esconder toda a sua aflição. — Meu nome é Rose Medeiros, e somos os pais de Danielle.

— Seus advogados já estão resolvendo isso? — pergunta Isabella, ainda um pouco perdida com todas aquelas pessoas em sua sala.

— Já estão, sim, senhora... — responde aquela outra senhora.

— E você é?

— Me chamo Luana Conceição, e esse aqui é o meu marido...

— Prazer... sou Rodrigo Albuquerque.

— Nós somos os pais de Estevão Albuquerque — responde Luana, percebendo a falta de experiência daquela agente.

— Posso ir, tia? — pergunta Flávia já vendo os seus avós naquela sala.

— Mas é claro que pode... Você é bem sortuda,

menina... — Isabella lhe acaricia o rosto. — Dificilmente temos dois avós e avôs que podem cuidar da gente, assim...

— Vem cá, Flavinha! — O senhor Rodrigo abre os braços, não contendo a emoção de vê-la ali. — Agora você poderá escolher com quem irá viver, viu?

— Com meus dois vovôs e vovós... Posso? — pergunta Flávia olhando para todos na sala.

— Mas é claro que pode! — A senhora Rose se aproxima, dando-lhe um beijo muito carinhoso em seu rosto. — Se quiser, pode passar cada semana na casa de um... O que acha da ideia, hein?

— Irei adorar, vovó!

— Precisamos dar mais algum depoimento, senhora? — pergunta o senhor Alberto com muita delicadeza.

— Não... Já está tudo certo! — Isabella observa aquele tratamento carinhoso com a menina. — Não se preocupem... E em relação ao ocorrido... Vamos achar os responsáveis por isso. Fiquem tranquilos. O mais importante agora é vocês cuidarem dessa mocinha, tá bem?

— Por favor, senhorita Camargo... — a senhora Luana se emociona ao falar. — Queremos justiça o quanto antes. Não vamos nos sentir seguros até que vocês peguem os responsáveis por essa atrocidade, tudo bem?

— Ninguém merece crescer sem os pais... — argumenta a senhora Rose, com sua neta no colo, sentindo muita falta de sua filha. — É muito triste isso.

— Compreendo, senhora... É claro, pode deixar!

Bem... Pelo visto a mocinha está em ótimas mãos agora. Então é isso... — Isabella se despede daquela nova família, vendo a felicidade estampada no rosto daquela menininha.

— Muito obrigada, senhorita Camargo... — a senhora Luana se despede da agente. — Você cuidou muito bem da nossa menininha enquanto estávamos ausentes.

— Que isso!... Não fiz mais do que minha obrigação. — Isabella sorri, pensando se aquela menina algum dia teria uma vida normal depois daquela fatalidade.

— Peguem o quanto antes o responsável por isso... tudo bem? — O senhor Alberto segura na mão de Isabella, querendo algum tipo de esperança em seus olhos.

— Do que depender de mim... A gente vai encontrar os responsáveis por esse crime. Tá bem? Você tem a minha palavra.

*

— Encontraram algum cativeiro? — pergunta Isabella para a sua nova equipe.

— Infelizmente... Não! — Kaique para o carro. — Vasculhamos por baixo da sala de estar, na cozinha, nos banheiros e não achamos esse esconderijo que eles disseram.

— Pegamos três notebooks — diz Rafael, ainda muito esperançoso.

— E o local, como é? — pergunta Isabella, muito curiosa.

— É lindo! — Sarah sai do carro. — É uma casa

maravilhosa... com todos aqueles cachorros brancos brincando em volta.

— É um canil... — comunica Kaique. — Minha tia comprou um cachorro lá há algum tempo atrás.

— E como a menina vivia? — pergunta Isabella, começando a pensar que tinha sido completamente enganada naquele caso.

— Como uma princesa! — responde Beatriz, muito decepcionada consigo mesma. — Dessa vez eu tenho certeza que eles pegaram a família errada... Nós procuramos em cada cantinho da casa... e não encontramos nenhum cativeiro sequer.

— Então dessa vez... fomos enganados — Isabella reflete sobre aquilo, pensando se tinha sido enganada em relação às outras vítimas também.

— Até revistamos os canil para ver se encontrávamos algum esconderijo secreto também, mas... Infelizmente... não encontramos nada — comunica Monique.

— Por que eles iriam quebrar um padrão? — Isabella pensa em voz alta.

— Vai ver... eles só queriam matar sem motivo mesmo — responde Beatriz, sentindo muita dificuldade para acreditar naquilo que acabou de dizer.

— Não... Eles não fariam isso sem motivo algum — diz Isabella, começando a se desesperar com aquela situação. — Eles são espertos... Não fariam isso pelo simples prazer de matar.

— Às vezes fariam, sim... — discorda Rafael. — Ou vocês se esqueceram da natureza deles.

— Mas por que essa família teria um cativeiro? — Kaique fica sem entender aquilo.

— Às vezes eles disseram isso para despistar a gente... — diz Sarah. — Tentando desviar a nossa atenção para o que era realmente importante... Não acham?

— Você poderia me emprestar o seu celular? — Kaique pergunta delicadamente a Isabella.

— Mas por que eu emprestaria? — Isabella fica sem entender.

— Bem... Eu conto ou você conta? — Rafael olha pra o seu parceiro, na dúvida. — Tudo bem!... Nós somos hackers da Polícia Federal... Então você iria nos ajudar bastante.

— E quanto a vocês? — pergunta Isabella, olhando para aquelas duas agentes.

— Somos apenas psicólogas mesmo... — responde Sarah, em nome de sua parceira também.

— Então, se precisar fazer algum tipo de interrogatório... É só pedir, viu? — Monique tenta amenizar o clima, vendo a expressão de poucos amigos daquela perita.

— Tomem aqui! — Isabella entrega o seu celular na mão de Rafael. — Vejam se conseguem rastrear mais alguma coisa. Pois agora não tenho mais certeza se estamos indo bem nesses casos... Será que eu poderia falar com você em particular? — pergunta para Beatriz.

— É claro! Também estava querendo fazer o mesmo... — diz Beatriz, percebendo que a sua parceira também estava em crise profissional. — Vamos até a minha sala, tudo bem?

*

— Eu não sei em quem acreditar mais... — Isabella começa a desabafar. — No caso do prefeito de Petrópolis, eu acho que conseguimos pegar o esquema todo, por causa dos vídeos e dos áudios que nós recebemos, mas em compensação... no caso do Eraldo e da senhora Clara... acho que fomos enganadas. O que me diz?

— Ainda não tenho tanta certeza assim... — Beatriz começa a falar, tendo a absoluta certeza que estava no caminho certo. — Eles não iam quebrar o padrão desse jeito... Matando por matar? Acredito que isso não faz parte da natureza deles, me entende?... Eles querem fazer justiça com as próprias mãos. E não acho que eles mataram essas pessoas pelo simples prazer de matar. Isso não!... Não se encaixa de maneira nenhuma. Deixamos alguma coisa passar... Só não sei o que é ainda... — Ela começa a ver aquelas fotografias em sua câmera.

— Tem razão! — Isabella fica mais calma. — Não vou me apavorar... Deixamos alguma coisa passar.

— Vamos torcer para que eles achem alguma coisa... — Beatriz coloca a sua câmera na mesa. — Pois senão... estaremos na estaca zero novamente.

— Só esperando a próxima vítima, não é mesmo?... — Isabella abre aquela porta com a intenção de ver a sua nova equipe em ação.

*

— E aí? Conseguiram rastrear o número? — pergunta Isabella ao entrar na sala.

— Por enquanto, não... — responde Kaique, ainda não perdendo as esperanças ao digitar. — Essa quadrilha sabe muito bem o que está fazendo... Vejam isso!... Eles não deixam rastro. Isabella estava mesmo certa... Não pode ser somente uma pessoa que faz isso tudo, e sim uma equipe. E que bela equipe, hein?

— E os notebooks? — pergunta Beatriz. — Encontraram alguma coisa?

— Também não! Todos estavam vazios... — Rafael responde muito decepcionado com aquilo. — Dá para acreditar nisso?... Eles devem ter limpado tudo antes de matá-los.

— É o que eu chamo de crime perfeito — Kaique fala sem pensar.

— Voltamos ao início do primeiro assassinato novamente... — Isabella bufa, sem acreditar naquela terrível realidade que voltava a assombrá-la. — Até quando eles vão fazer isso com a gente?... Se continuar assim... Vamos acabar perdendo os nossos cargos se não encontrarmos essa maldita quadrilha.

— Vamos encontrá-los! — Rafael se certifica com muita confiança. — Uma hora eles deixam rastros ou um descuido qualquer. Vocês vão ver!

— Não se esqueçam... Agora vocês têm dois hackers e duas psicólogas para acompanhar todos os passos dessa quadrilha — completa Kaique, olhando para sua nova equipe naquela sala.

— E duas peritas criminais também! — brinca Beatriz, tentando amenizar todo o sofrimento de sua parceira.

6. A FAMÍLIA NAZISTA

— Por que é que esse celular tem que tocar na melhor hora? — Rafael interrompe a ação sexual.

— Deixe-me atender aqui!... — diz Kaique, saindo de cima de seu companheiro. — Deve ser importante... às vezes elas conseguiram descobrir mais alguma coisa.

— *Alô?*

— *Desculpa te incomodar a essa hora, mas...*

— *Que isso! Pode falar, senhorita Camargo... Aconteceu alguma coisa?*

— *Infelizmente, eles fizeram novas vítimas.*

— *E é sempre pela madrugada?* — pergunta Kaique, já vendo o seu companheiro se arrumar.

— *Pelo visto, sim! Eles repetem os mesmos padrões. Percebe?*

— *E aonde foi agora?*

— *No Palácio de Cristal.*

— Ué?... Espere um segundo... Não é nesse lugar que acontece a Bauernfest? — pergunta Kaique ao vestir a sua blusa.

— *É, sim! A prefeitura está com medo que a mídia divulgue isso... Por isso eles nos informaram em primeira mão. Mas já pensou se a notícia vaza?... Ninguém iria querer vir para cá para prestigiar o evento.*

— *Seria bem ruim para a cidade mesmo...* — diz

Kaique, terminando de vestir suas calças jeans. — *Ainda mais se pensarmos no turismo e no governo. Pois essa festa sempre injetou muito dinheiro na economia local. Então... Vocês já estão aí?*

— *Estamos, sim! Só falta avisar o Rafael.*

— *Deixa comigo!* — responde Kaique, vendo seu companheiro pedindo para guardar segredo. — *Eu aviso ele.*

— *Tudo bem! Estamos esperando vocês aqui então. Tudo bem?*

— *Obrigado, Isabella.* Já estamos *a caminho...*

— Prontinho!... Já acabei de ligar para a Monique e para a Sarah também — Beatriz se adianta, recolocando o seu celular na bolsa. — Elas já estão a caminho!

— Ótimo! O que será que aconteceu dessa vez? — pergunta Isabella, tentando encontrar uma vaga para estacionar o carro.

— Não tenho a mínima ideia... — responde Beatriz, ao ver um policial se aproximar do carro.

— Senhorita Camargo?

— Sim! Sou eu.

— Os corpos estão em frente ao Palácio de Cristal... — comunica o policial, olhando para o seu parceiro. — E encontramos dois artefatos bem peculiares com eles também... Se é que podemos chamar assim.

— Artefatos?... Mas não tinha nenhum bilhete dessa vez ou algo parecido? — pergunta Isabella, ficando um pouco confusa com tudo aquilo.

— Não, senhora! — responde o outro policial.

— Mas que estranho!... — Beatriz também fica sem entender aquilo. — Será que eles vão te mandar alguma mensagem?

— Não sei... — diz Isabella, olhando para o seu celular antes de sair do carro.

— Vamos até lá então! — propõe Beatriz para a sua parceira, saindo do carro com sua câmera fotográfica.

*

— Mas por que eles estão vestidos desse jeito? — pergunta Beatriz, reparando naquelas vestes antigas.

— Os dois corpos estão vestidos em homenagem à festa da Bauernfest... — observa Isabella ao se aproximar. — Os meus pais sempre me levaram a essa festa desde pequena, sabe?... Essa festa homenageia os colonos alemães da cidade, então... isso explica o porquê de o casal estar vestido dessa maneira... — diz ela, se lembrando de algumas danças folclóricas alemãs. — É como se eles fossem dançar alguma música, me entende?

— Mas cadê os artefatos? — pergunta Beatriz, começando a vasculhar os corpos das vítimas, para ver se encontrava alguma coisa.

— Desculpem-me! — outro policial diz, ao escutar aquela pergunta. — Mas tivemos que retirar da cena do crime... pois o nosso país não permite qualquer manifestação daquele partido político em solo brasileiro.

— Mas o que é, afinal? — Isabella começa a se intrigar com aquilo.

— Acompanhem-me, por favor... — o policial pede educadamente. — Está no nosso carro.

*

— Duas suásticas? — Beatriz fica totalmente espantada com aquilo.

— Mas vocês encontraram isso onde? — pergunta Isabella, já começando a imaginar aonde aquilo daria.

— Estava em cima dos corpos... — uma policial responde.

— Será que as senhoritas podiam nos responder uma coisa?... — Outro policial se aproxima. — Por que os olhos das vítimas estão para fora?

— Para fora?... Mas como não percebemos isso antes? — Isabella fica muito brava consigo mesma.

— Estávamos tão concentradas nas roupas, que acabamos... — Beatriz tenta argumentar, vendo a sua parceira retornar rapidamente para a cena do crime.

— Mas como não reparamos nisso antes?... — Isabella não consegue entender como deixou aquilo passar em seu trabalho. — Estava bem na nossa frente!

— Por que eles iriam fazer isso? — pergunta Beatriz, começando a imaginar algumas possibilidades.

— Você não acha que esse casal seria... — Isabella não consegue achar as palavras certas para aquilo. — Bem... nazistas... né?

— É uma possibilidade... — diz Beatriz, começando a fotografar os rostos do casal. — Mas ainda não temos provas.

— Um momento... — diz Isabella, sentindo o seu celular vibrar.

— Devem ser eles! — Beatriz tenta adivinhar. — O que está escrito dessa vez?

— Vou ler!

Como toda grande edição da Bauernfest, utilizamos os nossos olhos para contemplar toda a beleza sagrada que a cultura germânica proporciona para essa cidade. Porém, em alguns casos, a cultura alemã acaba sendo manchada por algumas famílias nazistas que temos o desprazer de encontrar pelo caminho (como é o caso dessa que encontramos em Petrópolis); manchando assim, a edição da Bauernfest.

— Então, é isso... Esse casal deve ter fugido da Alemanha... — diz Beatriz, olhando para todas aquelas rugas que comprovavam o peso da idade. — Quantos anos você acha que os dois têm?

— Não sei!... Uns 90, ou 85 anos, no máximo... — Isabella responde convictamente.

— Será que esse casal era nazista mesmo? — Beatriz fica muito intrigada com aquilo, ao ver a sua parceira olhar para o celular novamente.

— Espere aí... — Isabella fica na expectativa. — Vamos lá!... Vamos lá! Preciso de mais informações sobre o caso.

— Chegamos! — Monique se aproxima do local

do crime.

— Por que alguém iria matar dois idosos indefesos, hein?... — Sarah fica sem entender aquilo.

— E por que eles estão vestidos desse jeito? — Rafael olha para aquelas roupas estranhas, Rafael.

— Será que dá para vocês calarem a boca por um minuto apenas? — Isabella se irrita com a sua equipe. — Eles estão digitando novamente...

Nossas últimas vítimas foram a senhorita Johanna Holtz e o senhor Gustav Müller, que de acordo com alguns registros históricos (que recebemos), se mudaram para Petrópolis no ano de 1944. O casal acabou fugindo da guerra... pois, como todos já sabem, na escrita da história... a Alemanha já estava perdendo as suas forças para a União Soviética e os Estados Unidos. Mas isso é outro assunto que não iremos abordar agora, tudo bem?... Pois, como descobrimos, a senhora Johanna era guarda da SS e trabalhava em um campo de concentração chamado Ravensbrück, feito exclusivamente para mulheres, localizado ao norte de Berlim, no município de Fürstenberg – Brandemburgo, que chegou a aniquilar aproximadamente cerca de trinta mil pessoas. Em relação ao seu marido... o senhor Gustav, trabalhava para a Gestapo (a polícia secreta da Alemanha nazista). Ele ficou encarregado de administrar o campo de

concentração, chamado Treblinka, localizado na Polônia, que chegou a aniquilar aproximadamente, oitocentos mil pessoas... A senhora Camargo deve estar se perguntando como sabemos disso tudo, não é mesmo?... Te enviaremos, assim que puder, todos os documentos em alemão que comprovam a nossa acusação, está bem?... Mas por enquanto... Que tal se você enviar a sua nova equipe, para conhecer a Igreja Luterana de Petrópolis?... Local esse que resguarda em seu arquivo histórico todas as famílias alemãs que chegaram em Petrópolis, fugidas do horror que se estabelecia em toda a Europa naquela época. É uma ótima oportunidade para começar a descoberta, não acha? Adeus, senhorita Camargo!... Até algum dia.

— É melhor tomarmos muito cuidado com isso... — Sarah se prontifica a falar, depois que tinha escutado aquela mensagem, na voz de sua parceira no caso.

— Esse tipo de acusação é muito grave... — Monique se preocupa com aquilo, pensando em toda a repercussão que aquele caso daria. — Se eles estiverem errados... a família desse casal pode processar a gente por falsas acusações. Já pensou?

— Eles estão começando a me enviar alguns documentos... — comunica Isabella, não entendendo aquela língua. — Mas estão todos em alemão.

— Alguém aqui fala alemão? — pergunta Beatriz.

— Não! — Kaique balança a sua cabeça, olhando para o restante de sua equipe.

— Eu também não! — Rafael responde, tentando encontrar em seu círculo alguém que pudesse falar.

— Já é difícil eu entender inglês... Quem dirá alemão! — argumenta Sarah.

— Pera aí!... Eu conheço alguém que fala alemão muito bem... — diz Monique, reparando que todos estavam olhando para ela na expectativa.

— Mas quem? — pergunta Kaique.

— A delegada do Rio... — Monique responde, tentando se lembrar do nome dela.

— Por acaso é a senhora Sofia Pereira? — responde Rafael, lembrando-se muito bem de sua fisionomia.

— É ela mesma! — Monique fica muito mais aliviada. — Mande-me todos esses documentos pelo celular, que peço para ela traduzir para a gente, tudo bem?

— Claro! — Isabella começa a enviá-los.

— E, agora, o que fazemos? — pergunta Sarah, com aquelas duas suásticas na mão.

— Vamos nos dividir... — Isabella propõe, voltando a ler aquelas mensagens em seu celular. — Kaique e Rafael?... Quero que vocês vasculhem o arquivo histórico da Igreja Luterana, pode ser? Já mandei os nomes do casal para o celular de vocês.

— Mas vamos procurar o que exatamente? — pergunta Rafael, ainda um pouco perdido com aquela nova situação.

— Pesquisem tudo o que conseguirem sobre esse

casal... Lá eles devem ter tudo... Inclusive o ano em que se casaram, certo?

— Pode deixar, Isabella! — responde Kaique, tentando guardar aqueles nomes em sua memória.

— Monique e Sarah?... — Isabella chama as suas atenções. — Como vocês têm formação em psicologia... quero que vocês interroguem as famílias das vítimas e tentem descobrir se elas realmente tinham descendência nazista, ou se isso tudo não passa de uma mentira bem elaborada por essa quadrilha, tudo bem?

— Tudo bem! — responde Sarah, já começando a pensar em alguns comportamentos que pudessem dizer a verdade sobre aquele caso.

— Já mandei os documentos para a delegada Sofia Pereira, Isabella — Monique avisa a sua parceira, já percebendo aquele olhar de admiração.

— Bom trabalho! — responde Isabella, com brilho nos olhos.

— É melhor irmos... — diz Rafael, querendo logo solucionar aquele quebra-cabeça.

— Encontramo-nos ao final do dia então... — comunica Isabella, vendo a sua equipe se dividir.

*

— Igreja Luterana de Petrópolis... Em que posso ajudar?

— Oi... Bom dia! Somos da Polícia Federal e gostaríamos de falar com o pastor, se possível, por favor — Kaique fala ao interfone.

— Um momento... Vou abrir! Sim?

— Será que ele está aqui? — Rafael pergunta para o seu parceiro.

— Não sei... Vamos aguardar... — Kaique começa a ficar um pouco ansioso.

— Ele já vai atendê-los, sim?... — fala a secretária ao se deparar com aqueles dois agentes em sua sala.

— Tudo bem! Nós aguardamos — Rafael responde, ao se sentar naquela cadeira.

*

— Eles já podem entrar em minha sala, Elizabeth! — o pastor diz pelo interfone.

— Podem entrar, cavaleiros... — A secretária abre a porta da sala do pastor.

— Meu nome é Elton Potim... — Ele estende sua mão amigavelmente com a intenção de cumprimentá-los. — Prazer em conhecê-los!... O que os trazem aqui em minha bela igreja?

— Viemos aqui procurar algumas informações sobre... — Kaique relê com muito cuidado aqueles nomes. — Johanna Holtz e Gustav Müller.

— Compreendo! Mas eles já faleceram?

— Acabaram de falecer, senhor... — responde Rafael, não querendo dar mais informações sobre aquele caso.

— Temos informações que eles vieram para cá em 1944 — diz Kaique, relendo aquelas mensagens em seu celular.

— Puxa, mas que notícia triste! — responde o pastor, com um pesar enorme em seus olhos. — Eu os conhecia muito bem... Eles frequentavam nossa igreja assiduamente... eram muito fiéis à Palavra de Deus, sabe?

— Compreendemos, senhor — responde Rafael, não tendo tanta certeza sobre aquilo que o pastor estava dizendo.

— Bom... — O pastor coloca o seu paletó. — Vamos ter que ir ao Arquivo Histórico da Igreja... Não tem outro jeito! Fica bem dentro dela... Queiram me acompanhar, por favor.

*

— É nessa porta à esquerda... — comunica o pastor para os agentes. — Aqui se localiza o Arquivo Histórico da Igreja. — Abre orgulhosamente aquela porta, que ficava ao lado do altar.

— Uau!... — Rafael contempla aquele lugar, olhando para todos aqueles quadros na parede.

— Acabamos de reorganizá-lo... — comunica o pastor, olhando para aquele quadro de Martinho Lutero, ao centro, com muito orgulho. — Tivemos dois historiadores aqui que fizeram isso tudo para a gente, sabe?... Foi mãe e filho!... — diz o pastor, ainda se lembrando muito bem daquele momento que marcou sua vida. — O nome dela é Mariza Müller... e o seu filho se chama Guilherme Müller. Eles fizeram um trabalho fantástico, não acham?

— Ficou muito bonito mesmo... — diz Kaique, olhando para todas aquelas bíblias antigas que estavam no mostruário de vidro.

— Vou mostrar para vocês as atas da igreja... — O pastor abre o vidro de uma daquelas estantes que ficavam na direita da parede. — Com toda a certeza... os nomes dessas pessoas vão estar aqui.

— Muito obrigado, pastor! — fala Rafael, contemplando todos aqueles quadros na esquerda, de pastores que já passaram por aquela igreja.

— Qual é mesmo o ano que vocês estão procurando?... — pergunta o pastor, se abaixando para ver todos os anos que tinha em seu arquivo.

— 1944! — responde Kaique, conferindo o ano em seu celular.

— Aqui está ele! — diz o pastor, pegando aquele enorme livro da estante e o colocando em cima de uma bancada de madeira. — Algo mais?

— Sim!... Vocês por acaso tem as atas de casamentos também? — pergunta Rafael, não sabendo ao certo em que ano eles se casaram em Petrópolis.

— Temos sim! — O pastor se abaixa mais uma vez. — Está na última prateleira... Mas vocês sabem quando eles se casaram?

— Infelizmente, não! — Kaique responde um pouco desanimado, sabendo que eles iriam demorar um tempão para conferir todas aquelas informações.

— Bem... levem o tempo que precisarem, ok?... Qualquer coisa eu estou na minha sala para esclarecer qualquer tipo de dúvida que possa parecer, tudo bem? Estou as suas ordens!

— Muito obrigado, pastor! — Rafael aperta novamente sua mão.

— Acho que vamos ficar aqui um tempinho... — fala Kaique, não conseguindo relaxar com aquela situação em que se encontrava.

— Como disse... Levem o tempo que precisarem. Estamos aqui para ajudá-los. Agora, se me dão licença... — O pastor sai pela porta do altar, deixando-os a sós.

—Vamos começar logo com isso... — Rafael se senta com aquele livro pesado no chão.

— Enquanto isso... vou pegar a ata de casamento de 1945, o que acha? — pergunta Kaique para o seu parceiro.

— Até que não é uma má ideia... — responde Rafael. — Vai ver eles se casaram nesse ano mesmo.

— Tomara que essas informações estejam certas. Já imaginou se estiver tudo errado? — Rafael pensa naquela hipótese enquanto ia lendo os nomes daquele livro.

— Estaremos perdidos! — Kaique sente calafrio com aquela possibilidade. — Aí não teremos para onde ir nesse caso. Teremos que fechá-lo e ainda por cima argumentar para a mídia que foi um crime perfeito. Já pensou?

*

— A delegada já está conseguindo traduzir os documentos... — diz Monique a sua parceira, já conseguindo ler alguma coisa a respeito daquele caso.

— Mas que ótima notícia!... As famílias das vítimas já estão aqui! — Sarah comunica a sua parceira, tentando esconder a euforia diante daquele caso.

— Será que esse casal que morreu era mesmo nazista? — pergunta Monique antes de começar aqueles interrogatórios.

— Vai saber... Mas vamos torcer para que essas informações estejam mesmo certas. Você já imaginou?... Se formos à primeira equipe responsável em identificar um casal nazista no Brasil?... Em nosso primeiro ano como agentes? Já pensou?... Se nós solucionarmos um caso dessa magnitude? — Sarah divaga um pouco.

— Seria ótimo para o currículo de qualquer um... — Monique concorda.

— Exato! — diz Sarah, tentando voltar para a realidade.

— Eles tiveram muitos filhos? — pergunta Monique, voltando a atenção para o seu trabalho.

— Uhm!... — Sarah retoma sua atenção, ao olhar para aqueles nomes em seu computador. — Pelo que consta aqui, são só dois mesmo.

— São eles ali? — pergunta Monique, olhando ao longe.

— São! E pelo visto vieram com os seus advogados a tiracolo. — diz Sarah, se perguntando por que aquilo sempre acontecia.

— E a imprensa já sabe de alguma coisa a respeito? — pergunta Monique, começando a entender porque Isabella também não gostava daquilo.

— Infelizmente já sabem de tudo! — responde Sarah, não querendo pensar sobre aquilo. — Os policias militares já contaram... Você não leu os jornais, não?

— Não tive tempo à tarde! — responde Monique, um pouco sem graça.

— A imprensa disse que os corpos foram encontrados com duas suásticas... O que deu a entender que eles supostamente apoiavam o partido ou simplesmente gostavam da ideologia nazista. — explica Sarah, temendo a proporção que aquilo tomaria para a cidade.

— Eles são mesmo rápidos, hein? — diz Monique, tomando coragem para começar o interrogatório.

— Eu acho que Petrópolis nunca teve tanta repercussão mundial em sua história. — diz Sarah, ao interpretar todas aquelas notícias que tinha lido à tarde. — E o que é pior: uma cidade que quase não acontecia nada transformando-se em um caos de insegurança desses...

— Em plena Bauernfest! — complementa Monique, antes de ir em direção às famílias das vítimas.

*

— Achei! — diz Kaique, mal conseguindo acreditar naquilo que estava lendo. — Está bem aqui... Olha! Gustav Müller se casou com Johanna Holtz no dia 23 de maio de 1945, às 16h.

— Graças a Deus! — Rafael se sente mais aliviado. — Agora pelo menos já sabemos que eles vieram realmente para Petrópolis.

— E você conseguiu encontrar alguma coisa? — Kaique pergunta já criando certas expectativas com aquela data.

— Ainda não! — Rafael se decepciona um pouco com aquilo ao olhar para aquele livro velho. — Mas ainda faltam seis meses... Então... Vamos ver se esses assassinos estão mesmo certos de tudo aquilo que disseram até agora.

*

— Senhora... Eva Holtz Müller! Acompanhe-me, por aqui, por favor... — Sarah se dirige para aquela outra sala.

— Senhor... Agenor Holtz Müller, por favor... — Monique fala alto, já indicando onde seria aquele interrogatório, ao observar aquela advogada a tiracolo.

*

— Estamos aqui hoje... — Sarah se acomoda naquela cadeira. — Para esclarecermos alguns pontos. Tudo bem, senhora Eva?

— Claro, senhorita!

—Vamos direto ao ponto então... Fomos informados que os seus pais eram envolvidos com o partido nazista antes de virem para Petrópolis. Essa informação é verdadeira? — pergunta Sarah, observando aquele advogado.

— Olha... a única coisa que eu sei era que o papai e a mamãe fugiram da Alemanha em 1944. E vieram para Petrópolis em agosto do mesmo ano. Agora se eles eram nazistas, ou não, eu já não sei te responder, senhorita. — Eva responde convictamente, deixando transparecer em seu semblante sinais de sinceridade naquilo em que dizia.

— Entendo!... Então você desconhece qualquer envolvimento que eles possam ter tido com o Nazismo, no período em que eles estavam morando na Alemanha? — Sarah força aquela situação mais um pouco.

— Minha cliente já respondeu a essa pergunta, senhorita Ciqueira — o advogado interrompe, não querendo ir mais adiante com aquilo.

— Eu sei!... Mas precisamos insistir mais um pouco nesse assunto, pois encontramos junto com os corpos duas suásticas nazistas... — Sarah se concentra naquele assunto, tentando identificar qualquer expressão corporal que achasse duvidosa naquela senhora.

— Senhorita Ciqueira... — Eva troca o seu tom. — Não estou entregando os meus pais nem nada disso... mas possivelmente eles possam ter sido nazistas, assim como todo alemão naquela época também era. Não vejo crime algum nisso... Desculpe-me! Mas acreditar em uma ideologia política não faz de ninguém um criminoso. A senhora não concorda comigo? E se estudarmos mais a fundo a História, veremos que somente uma pequena parcela da população não era nazista. Então... isso deve responder alguma coisa para vocês.

— E os seus pais já comentaram alguma vez esse assunto com vocês? — pergunta Sarah, percebendo sinais de tranquilidade no rosto daquela senhora.

— Não que eu me lembre... — Eva hesita um pouco, tentando esconder aquilo em seu comportamento corporal. — Papai e mamãe estavam mais preocupados em nos dar uma boa qualidade de vida em Petrópolis, sabe?... Colocando-nos em uma boa escola e nos levando para a Igreja Luterana também... sempre que podiam, é claro... Agora!... — Ela se exalta um pouco. — O que não me sai da cabeça é... por que alguém iria matar dois senhores de idade por eles serem somente nazistas, hein?... Todos têm o direito de acreditar no que quiserem. E, além do mais, eles não cometeram crime algum... Desde quando acreditar em alguém é crime? A senhorita pode me responder a todas essas dúvidas que tenho na cabeça?

— Senhora Eva... — Sarah mal consegue acreditar naquela barbaridade que acabou de ouvir. — O Nazismo no Brasil é crime. A senhora sabia disso?

— É claro que eu sei que é crime... — A senhora Eva fica um pouco nervosa. — Mas os meus pais não mataram ninguém, eles só apoiavam a ideologia de Hitler... Só isso! Agora vamos para o que interessa... Quem foi que matou os meus pais?... Pois isso, sim, é crime! E espero que vocês descubram logo quem fez isso com eles, pois a justiça precisa ser feita o quanto antes.

*

— Por que eu precisei trazer a minha advogada até aqui? — pergunta o senhor Agenor, não entendendo muito bem aquilo. — Desde quando precisamos disso tudo para saber quem fez isso com os meus pais?

— Recebemos informações que os seus pais eram membros do Partido Nazista, antes de se estabelecerem em Petrópolis. Isso procede? — pergunta Monique, preferindo ficar em pé.

— Pois me diga quem não era naquela época? — o senhor Agenor debocha daquela pergunta. — Se apenas uma pequena parcela da população não acreditava nas palavras de Hitler.

— Então o senhor tem conhecimento das suásticas que foram encontradas perto dos corpos de seus pais? — Monique pergunta educadamente, tentando notar algum comportamento que demonstrasse a verdade.

— Sempre tive! — responde calmamente o senhor Agenor, olhando para a sua advogada. — Papai gostava de guardá-las... Era uma espécie de amuleto para ele, sabe como é?... Fazia-o lembrar de onde veio... Isso pode parecer um pouco estranho de se dizer, mas ele não concordava com o genocídio, mas acreditava que a Alemanha teria que limpar sua sociedade, se quisesse construir uma raça pura e independente. Entende?... Papai acreditava que seria bem melhor se os alemães tivessem mandado embora de suas terras os judeus e todas as outras etnias que atrapalhassem a construção de uma raça pura, mas não que os tivessem matado em campos de extermínio. Entende?

— Compreendo!... Mas o senhor sabe que

qualquer tipo de alusão ao Nazismo no Brasil é considerado crime?

— Sabia! Mas então vocês terão que prender todos os alemães que vieram para cá depois da guerra... — O senhor Agenor começa a rir daquela possível situação. — Não vão?... Pois dificilmente iremos encontrar algum alemão que não tenha acreditado na retórica de Adolf Hitler.

— Meu cliente já respondeu todas as suas perguntas, senhorita Andrade? — pergunta aquela advogada, um pouco preocupada em saber até onde aquele interrogatório poderia ir.

— Já estou satisfeita! — Monique responde friamente, não gostando nenhum pouco dos modos daquele senhor. — Agora vocês podem ir.

— Ah... Agora eu entendi onde vocês estão querendo chegar... — O senhor Agenor sorri para a agente. — Vocês acham que alguém descobriu que os meus pais eram nazistas e aí... pensam que alguém acabou fazendo justiça com as próprias mãos... É isso?...

— Não podemos afirmar isso ainda, senhor — Monique responde seriamente, não querendo mais estar naquela presença.

— É!... Eu tenho conhecimento que o Nazismo foi terrível para a história da humanidade, mas as pessoas que acreditaram nessa ideologia não sabiam que Hitler iria fazer todas aquelas atrocidades com os judeus, pois somente os generais e as pessoas de alto escalão sabiam o que acontecia em todos aqueles campos de concentração. Isso eu posso garantir a vocês, se quiserem — o senhor Agenor tenta explicar, percebendo que aquela agente não estava prestando muita atenção no que ele estava dizendo.

— Tudo bem, senhor... Agora, por favor... Vocês já sabem o caminho da saída, sim?

*

— Não acredito!... Encontrei! — diz Rafael ao seu parceiro, quase perdendo as esperanças. — O registro está aqui, oh?... Gustav Müller e Johanna Holtz começaram a frequentar essa igreja no dia 28 de agosto de 1944.

— Então eles estavam casados, certos?... — diz Kaique ao guardar aquele outro livro na prateleira. — Mas como alguém poderia saber disso tudo?

— É preciso muita pesquisa para chegar nesses nomes... — pensa Rafael achando aquilo tudo muito esquisito. — Você não acha?

— Vamos ver se Monique conseguiu traduzir aqueles documentos... — Kaique relê os nomes mais uma vez. — Talvez eles nos mostrem mais provas sobre esse caso.

— Será que o casal era mesmo nazista? — Rafael se preocupa com aquilo.

— Pelo que tudo indica... É bem possível mesmo.

— Mas a pergunta que fica é: como eles encontraram esse casal escondido em Petrópolis? — Rafael fica intrigado.

— Isso dá muito trabalho! Ter que pesquisar

todos esses nomes aqui... Já pensou? — Kaique também fica sem entender aquilo, vendo o seu parceiro guardar com muito cuidado aquele livro na prateleira.

— Olha para essas fotos aqui! — Rafael indica. — Com todos esses estudantes enfileirados pelas escadas, enquanto o possível professor parece estar por trás junto com o pastor da época.

— Que esquisito! Você não está pensando na mesma coisa que eu, está? — Kaique observa aquelas fotos.

— Não sei... O que é?

— Será que essa Igreja Luterana abrigava mesmo alguns nazistas depois da guerra? — pergunta Kaique, não querendo mais ver aquilo.

— Não sei!... E talvez nunca saberemos ao certo... — diz Rafael, olhando para todos aqueles quadros onde estavam os pastores que tinham passado por aquela igreja. — Achei!... Esse foi o pastor que casou o senhor Gustav com a senhora Johanna.

— Deixe-me ver! — Kaique se aproxima daquele quadro. — Hans Wiemer!... 1939 a 1955.

— Quanta história este lugar não deve ter, hein? — Rafael reflete mais um pouco, dando uma última olhada naquele arquivo histórico.

— E quem sabe... muitas história a esconder também... — Kaique fala, olhando para aquele quadro central, onde estava o teólogo alemão Martinho Lutero.

— É... pelo visto o preconceito contra o povo judeu já estava enraizado na cultura alemã, muito antes de Hitler existir, não acha? — Rafael se adianta, vendo que o seu parceiro estava entretido ao observar o quadro daquele teólogo alemão.

— Hitler só colocou para fora o que já estava dentro do espírito germânico da época — observa Kaique, visualizando, pela última vez o quadro de Lutero, que tinha causado uma verdadeira revolução na Europa com as suas ideias.

7. A ESCUTA DA EXTREMA-ESQUERDA

— A delegada Sofia já conseguiu traduzir todos os documentos para a gente... — informa Monique para a sua parceira. — Agora vou mandar para os outros.

— E aí? O que os documentos dizem? — Sarah fica muito curiosa para saber.

— Pera aí!... Ainda não tive tempo de lê-los... — diz Monique, terminando de enviar os últimos documentos para a sua equipe. — Que tal se lêssemos juntas?

— Eu adoraria! — responde Sarah, mal conseguindo controlar a sua ansiedade.

Gustav Müller entrou para o Partido Nacional Socialista dos Trabalhadores Alemãe, no dia 23 de setembro de 1941, aos 20 anos. Logo em seguida, ele ingressou para a Gestapo (a polícia secreta do Estado), vindo à trabalhar em Treblinka I, que ficava a nordeste de Varsóvia, na Polônia ocupada. Depois disso, no dia 3 de julho de 1942, o senhor Gustav passou a trabalhar em Treblinka II, que também ficava localizado na mesma região da Polônia; permanecendo no cargo até o dia 23 de novembro de 1943.

Johanna Holtz entrou para o Partido Nacional Socialista dos Trabalhadores Alemães no dia 13 de abril de 1940, aos 20 anos. Ela era guarda do Esquadrão de Proteção (mais conhecido como SS) e trabalhava em Ravensbrück, localizado ao norte de Berlim, no município de Fürstenberg - Brandemburgo. E por lá ficou até o dia 28 de dezembro de 1943.

— Caralho! Eles estavam mesmo certos... — Sarah interrompe aquela leitura, ficando muito perplexa com aquilo. — O casal não era somente apoiador do Nazismo, como os seus filhos relataram para a gente... como também faziam parte de todo o Holocausto. Isso chega a me dar arrepios...

— E aqui estão às outras pessoas também... — Monique lê todos aqueles outros nomes, imaginando onde aquela linhagem poderia estar ao redor do planeta agora.

— Mas será que tem mais alguém vivo nessa lista? — pergunta Sarah, tentando memorizar todos aqueles sobrenomes.

— Acho que nunca teremos como saber disso... Pois olhe só para essa lista! — Monique desliza o seu dedo pela tela do seu celular, como se aquilo nunca tivesse fim.

— Será que pode ter outras famílias de descendência nazista em Petrópolis? — pergunta Sarah, tentando encontrar algum sobrenome que já conhecesse por ali.

— Cá entre nós... — Monique começa a falar bem baixinho, com medo que alguém pudesse estar escutando aquela conversa. — Se essa cidade foi levantada pelos colonos alemães, que trouxeram com eles sua cultura, colocando nomes em ruas, por exemplo... assim como também temos uma Igreja Luterana... que descende diretamente da Alemanha do teólogo Martinho Lutero, que como todos já sabem... não gostava muito dos judeus também... então... com toda a certeza, deve existir linhagens sanguíneas aqui que apoiavam naquela época o Partido Nazista de Hitler, não acha?

— É... analisando por esse lado... — Sarah olha em volta daquela sala, não querendo continuar aquela conversa. — Até que você tem razão.

— Vamos ter que esperar agora... — Monique olha para o seu relógio, um pouco ansiosa para saber se sua equipe tinha encontrado mais informações sobre aquele caso.

*

— Eles chegaram! — Sarah entra pela sala de sua parceira para avisá-la.

— Então vamos até lá! — diz Monique, deixando a sua sala imediatamente.

— Todas as informações estavam certas! — diz Kaique, de dentro do carro. — Nós conferimos!... Eles vieram para Petrópolis em 1944 mesmo.

— Gustav e Johanna começaram a frequentar a Igreja Luterana em agosto de 1944 e se casaram em maio do ano seguinte. — Rafael sai do carro, conferindo todas aquelas datas em seu celular, mais uma vez.

— Elas acabaram de chegar também! — diz Sarah, comunicando a sua equipe.

— E aí eles estavam certos? — pergunta Isabella, estacionando o carro de qualquer maneira.

— Estavam, sim! — responde Kaique, se sentindo muito mais aliviado agora.

— Encontraram mais alguma coisa? — pergunta Beatriz, colocando a sua mochila nas costas.

— Achamos mais sete pessoas que faziam parte do Partido Nazista e que moravam aqui em Petrópolis também — responde Kaique, conferindo aqueles nomes em seu celular.

— É... mas infelizmente os responsáveis já morreram... De acordo com o pastor, é claro — explica Rafael, se sentindo muito impotente diante daquela situação.

— Excelente trabalho! — diz Isabella, se orgulhando muito de sua equipe. — Sempre admirei pessoas que fazem além do que o trabalho pede.

— Ainda bem que voltamos para trás... — explica Kaique, olhando para o seu parceiro sorridente.

— Quando a Monique nos passou a tradução daqueles documentos, sentimos uma vontade enorme de voltar para aquele arquivo da igreja e procurar por mais pessoas que pudessem estar escondidas aqui em Petrópolis. — Rafael se orgulha muito daquilo.

— E quanto a vocês?... — Isabella se dirige para as suas outras parceiras. — Como foram os interrogatórios com os filhos do casal?

— Os dois filhos acabaram confessando que os seus pais eram mesmo nazistas — Sarah responde, repassando todas aquelas cenas em sua mente.

— E o que é ainda pior... — complementa Monique. — Eles disseram que os seus pais acreditavam somente na ideologia política do Partido Nazista, e não no Holocausto que Hitler causou.

— Como assim? — Beatriz fica um pouco confusa.

— De acordo com o relato dos dois... — Sarah tenta organizar o que tinha escutado em sua cabeça. — Tanto Gustav quanto Johanna acreditavam que a Alemanha tinha que passar por uma limpeza de raça, expulsando os judeus da Alemanha, sem que os exterminassem.

— Isso mesmo! — enfatiza Monique, achando aquele resumo do interrogatório brilhante. — Mas em nenhum momento eles nos disseram que os seus pais trabalhavam em campos de concentração. Esquisito, não?

— Para mim é bem normal... Pois quando passamos por momentos de extrema-crueldade e brutalidade, tendemos a apagar da nossa memória todas as lembranças que nos remetem a isso... — explica Sarah, tentando mostrar todo o lado psicológico da questão. — Esquecendo os atos monstruosos que cometemos, chegando até mesmo... a negar a sua existência... Entenderam?... Consegui explicar mais ou menos?... A mente humana é muito complexa, não é mesmo?

— Coloca complexidade nisso... — responde Kaique, se sentindo um completo ignorante.

— Então quer dizer que no fundo... eles negam o Holocausto, é isso? — pergunta Isabella, tentando esmiuçar aquela questão ao máximo.

— Isso mesmo! — responde Sarah, muito admirada com aquela inteligência de sua colega. — Como eles foram os causadores do mal, suas mentes tentaram reprimir a crueldade, para que eles conseguissem viver em paz. E, para isso... não comentaram sobre as crueldades que cometeram naqueles campos de concentração para os seus filhos. Entendeu?

*

— Isabella?... Acho que você tem visita... — comunica Monique a sua parceira.

— Mas quem é a uma hora dessas? — Isabella pergunta, olhando para o relógio.

— É a delegada Sofia Pereira — Monique responde, não entendendo o motivo daquela visita.

— Mas não foi ela que fez as traduções dos documentos? — pergunta Isabella, querendo muito conhecê-la.

— Não gostávamos nenhum pouco de trabalhar para ela... — Kaique desabafa, ao entrar por aquela sala também.

— Mas por quê? — pergunta Isabella, tendo uma dívida a pagar.

— Você verá! — Kaique sai pela sala, não querendo se intrometer naquilo.

— Mande-a entrar!... Quero muito agradecê-la pessoalmente. — isabella ajeita o seu cabelo, não querendo demonstrar nenhum sinal de desleixo diante daquela delegada.

*

— Ué! Tem alguém estacionando o carro aqui à uma hora dessas? — olha pela janela Rafael, se assustando um pouco com aquilo.

— Mas já estamos quase fechando! — Kaique não entende, indo em direção à janela também.

— Essa não! Ela não é a... — Rafael observa aquela elegante senhora sair do carro.

— A delegada Sofia Pereira? — Kaique se assusta com aquela presença. — Mas como isso é possível?

— O que será que ela veio fazer aqui, hein? — Rafael a cumprimenta pela janela, não querendo demonstrar nenhum tipo de preocupação com aquilo.

— Não tenho a mínima ideia... — Kaique sai da janela, querendo evitar qualquer tipo de falsidade. — Mas vou avisar a Monique que ela está aqui, tudo bem?

*

— Boa noite! Posso saber onde é que fica a sala da perita criminal Isabella Camargo? — pergunta a delegada para o agente da Polícia Federal.

— Ela está lhe aguardando, senhora?

— Não... mas é porque eu vim do Rio de Janeiro exclusivamente para falar com ela.

— Mas já estamos fechando senhora — diz o agente olhando para o seu relógio.

— Não tem problema! Eu acredito que ela queira muito falar comigo.

— Qual é o seu nome, senhora? — pergunta o agente, pegando caneta e papel.

— Meu nome é Sofia Pereira e sou delegada da Polícia Federal do Rio de Janeiro.

— Peço perdão, senhora... — O agente fica muito sem graça. — Ela fica no segundo andar, senhora.

— Muito obrigada!

*

— Então você deve ser a Isabella Camargo, estou certa disso? — Ela entra por aquela sala sem se apresentar.

— Sou, sim, senhora! — Isabella se levanta da cadeira, indo cumprimentá-la. — Desde já lhe agradeço pelas traduções de todos aqueles documentos para a nossa investigação.

— Ah! Aquilo?... Não foi nada! Qualquer pessoa que soubesse o básico de alemão iria conseguir traduzir aquilo — responde humildemente à senhora Sofia, com um sorriso em seu rosto.

— Não vamos ter como te agradecer por isso... — Isabella fica um pouco sem graça, querendo muito fazer mais por aquela senhora.

— Na verdade vai, sim! — responde a senhora Sofia, já sabendo muito bem o que queria em troca.

— Em que podemos ajudá-la? — pergunta Isabella, querendo retribuir aquela gentileza.

— Gostaria muito que você e sua equipe abandonassem todas as investigações por aqui — a delegada

Sofia propõe, já percebendo a mudança no semblante daquela perita.

— Mas por quê? — Isabella pergunta, já percebendo que toda a sua equipe estava em sua sala. — Se ainda não descobrimos os responsáveis por todos esses crimes...

— Pelo que estou vendo aqui... — A delegada Sofia observa todos os integrantes daquela equipe. — Vejo que você está muito bem representada aqui, hein? Seus superiores colocaram os melhores com você, senhorita. Tem que se orgulhar muito disso, viu?

— E me orgulho muito senhora... — responde Isabella, olhando para todos em sua sala.

— Mas toda equipe tem suas falhas, assim como essa aqui... — A delegada olha em volta daquela sala, já conhecendo alguns integrantes do Rio. — Então eu acho melhor você passar os casos para uma outra equipe mais experiente, a senhorita não acha? Pois dificilmente alguém consegue solucionar os primeiros casos da carreira, me entende?...

— Mas de maneira nenhuma eu vou fazer isso! — responde Isabella, começando a ficar muito irritada com aquela presença em sua sala.

— Quem você pensa que é para me dar as costas assim?

— Sou a líder dessa equipe... que está à frente desses crimes, a senhora me entendeu?... — Isabella responde com muita confiança em seus olhos, abandonando a delegada naquela sala. — Isso é o meu trabalho... Meu e de minha equipe.

— Como ousa ser tão atrevida assim em seu primeiro ano como perita? — A delegada fala alto, vendo aquela equipe sair da sala. — Basta um telefonema meu e você estará fora desses casos, me escutou bem?

— Faça isso! Pouparia mais tempo, a senhora não acha?... — Isabella volta para trás.

— Não me desafie, senhorita Camargo! — Pega-a pelo braço.

— Estou chegando perto, não estou? — Isabella sorri para ela, enquanto retirava aquela mão de seu braço. — Pois ouça o que eu vou te dizer... Nós não vamos sair desses casos até descobrirmos os responsáveis por isso, a senhora me entendeu?... Ou vou entender que a senhora está tentando acobertar alguém.

— Mas como ousa me dizer isso? — A delegada lhe encara. — Você não tem provas para me acusar desse jeito.

— Mas posso ter!

— Eu conheço o seu superior! — a delegada esbraveja.

— Pois então ligue para ele e peça para me retirar do caso... — Isabella a desafia, demonstrando muita raiva em seus olhos.

— A senhora não precisava vir até aqui já que queria nos retirar do caso — diz Beatriz ao defender a sua parceira.

— Exato! Bastava ligar para ele e pedir... — diz Sarah, ao se intrometer naquela discussão também.

*

— Vá ate a sala da Beatriz pegar uma escuta para mim, por favor... — Isabella cochicha bem baixinho no ouvido de Rafael, temendo que ela pudesse ir embora.

— Mas onde está? — pergunta Rafael, temendo que não desse tempo para aquilo.

— Está na primeira gaveta da mesa... — diz Isabella, colocando suas mãos na boca enquanto falava, ao mesmo tempo em que também observava aquela delegada ao longe.

— É pra já!

— Acho isso muito estranho... — Isabella reflete sobre aquilo. — Logo agora alguém vir do Rio para me pedir para abandonar esses casos?... Nenhuma delegada de respeito iria me pedir um absurdo desses, não acha?

— O que o Rafael foi fazer? — Beatriz pergunta se aproximando de sua parceira.

— Foi pegar uma escuta para mim.

— Mas na minha sala? — Beatriz fica sem entender.

— Coloquei uma lá caso eu precisasse algum dia.

— E o que você está pensando em fazer com isso?

— Vou colocá-la na bolsa dessa delegada — Isabella responde baixo, vendo ela em sua sala ainda.

— Mas por quê?

— Não sei... Alguma coisa me diz que... Essa história eu não consegui engolir direito. É muito estranho que alguém tenha vindo até aqui me pedir um absurdo desses, não acha?... Por que eu iria abandonar esses casos? Isso não tem lógica nenhuma. A não ser que... alguém queira acobertar todos esses casos.

— Você tem razão! — Beatriz concorda com ela. — Talvez alguém queira encerrar esses casos, já que até agora não conseguimos encontrar nenhum responsável por todos esses crimes.

*

— É melhor eu ir indo agora... — diz a delegada Sofia, ao se levantar daquela cadeira com certa dificuldade. — Do que me adiantou vir até aqui?... Essa perita é muito teimosa mesmo...

— Te acompanhamos até o carro, senhora... — Monique tenta ajudá-la, percebendo que sua parceira não queria qualquer tipo de aproximação.

— Se todos fossem tão educados quanto você... Monique — Olha-a com muita admiração.

— Ela só tem a personalidade forte mesmo. — Kaique se aproxima tentando esconder o seu sorriso. — Mas é o que mantém a nossa equipe unida.

— Como ousa me provocar desse jeito? — A delegada se irrita com aquele agente. — Por que será que todo hacker é assim, hein?... Acham que estão acima da lei por serem muito inteligentes.

— Vou falar com o Fábio Carmona a respeito de você, senhorita Camargo. — A delegada Sofia a observa com muita raiva.

— Aproveite e fale com o senhor Antônio de

Carvalho também... — propõe Isabella para a delegada que já estava saindo do local — Pois foi ele que me colocou aqui.

— Desculpe, senhora! Eu não te vi... — Rafael esbarra sem querer naquela delegada que já estava descendo os degraus daquele departamento.

— Olhe por onde anda! — esbraveja a delegada Sofia, se segurando para não cair pelas escadas. — Me aguarde, senhorita Camargo... Você muito em breve não estará mais à frente desses casos, me escutou bem?

— Fico aguardando a ligação, delegada Sofia — responde Isabella, não conseguindo esconder o seu enorme sorriso.

— Você é completamente maluca... sabia disso? — solta Kaique, temendo pelo pior em sua carreira.

— Quem é Antônio de Carvalho? — pergunta Sarah um pouco perdida.

— Está falando sério? — Rafael não acredita naquilo.

— Pensei que você soubesse... — Monique fala, vendo pela expressão de sua parceira que aquela pergunta era verdadeira.

— Ele é diretor geral da Polícia Federal do Rio de Janeiro — responde Beatriz.

— O quê?... Isabella é louca? — Sarah pergunta não querendo ser exonerada de sua função.

— Fique calma! Não vai acontecer nada com a gente — Isabella garante, demonstrando o seu comportamento tranquilo.

— Como você pode ter tanta certeza assim? — pergunta Sarah, começando a ficar muito nervosa. — Acabamos de entrar para a Polícia Federal.

— Temos que nos arriscar se quisermos ficar nesses cargos, não acha? — ela diz, observando aquele carro saindo dali cantando pneus.

— Ufa! Pensei que eu não ia conseguir colocar a escuta — Rafael comunica a sua equipe.

— Mas que escuta? — pergunta Kaique, já começando a entender aquele esbarrão nas escadarias.

— Isabella me disse para colocar uma escuta na bolsa da delegada Sofia — explica Rafael para a sua equipe.

— Você só pode ser louca mesmo... — Sarah fala em alto e bom som, vendo a sua parceira rir daquela situação.

— Temos que estar sempre um passo à frente, se quisermos nos garantir nesse emprego, não acham? Não sei vocês, mas... essa delegada está tentando acobertar alguma coisa que ainda não sei o que é, então... resolvi colocar uma escuta em sua bolsa para saber o que ela pensa em relação a todos esses casos.

— E se ela descobrir alguma coisa? — pergunta Kaique, não querendo pensar naquela situação.

— Ninguém nunca foi capaz de descobrir o que está bem diante de seus olhos — Isabella responde sabiamente, retornando a pensar em todos aqueles casos.

— Você acha que ela pode ser uma suspeita? — pergunta Sarah, tentando pensar como a sua parceira.

— Suspeita, não... Mas cúmplice de alguma coisa que ainda não sei o que é... — Isabella reflete sobre aquilo, começando a sentir dores de cabeça.

— Você não está pensando que a Polícia Federal te colocou à frente desses casos para te manipular em alguma coisa, está? — Monique propõe aquela hipótese.

— Não sei... Não tenho como saber disso, tenho?... Mas pode ser... Tudo é possível.

— Que dia longo, hein? — Kaique desce por aquelas escadarias totalmente esgotado.

— Não sei se amanhã iremos estar aqui — Sarah desabafa, pensando no problema que aquela escuta causaria, caso a delegada descobrisse.

— Boa noite, pessoal! Até amanhã — Beatriz se despede de sua equipe, como se não tivesse escutado aquela agouro.

*

— E a escuta? Já tem alguma coisa? — Isabella entra por aquela sala, não transmitindo a sua energia habitual pela manhã.

— Infelizmente, não! Nada! — Rafael fica um pouco irritado com aquela situação.

— E aí já conseguiu descobrir mais alguma coisa? — pergunta Rafael, abrindo o programa da escuta.

— Não! Os sete crimes parecem perfeitos. E o que é ainda pior... Eles não têm nenhuma ligação entre eles, então... acho que eu vou ter que abandonar os casos... — Isabella responde sem esperanças. — Arquivá-los, talvez.

—Tentei procurar mais informações a respeito da origem daquelas mensagens também... — Rafael fica um pouco desacreditado. — E não consegui identificar de onde elas vêm. Eles são realmente muito bons mesmo, sabe? Não deixam rastros.

— Deixe-me ir para o pátio... — Isabella olha para aquela multidão da janela. — A imprensa quer que eu passe algumas informações para eles.

*

— Vocês já conseguiram encontrar o responsável por esses crimes? — uma jornalista da *Tribuna de Petrópolis* pergunta.

— Na verdade... não estamos mais trabalhando com a hipótese de uma pessoa apenas, mas sim com a hipótese de ser uma espécie de uma quadrilha, que pode estar envolvida em todos esses crimes. Conseguimos fazer o perfil psicológico dos supostos culpados, baseado nas atrocidades que cometeram, mas infelizmente, depois de investigar todos os casos, vimos que não conseguimos encontrar conexão alguma entre os crimes. O que nos leva à estaca zero novamente — Isabella responde, desviando-se de alguns flashes que vinham em sua direção.

— É verdade que Petrópolis pode ser considerada, a partir de agora, uma cidade muito perigosa para se viver? — pergunta outro jornalista do *Diário de Petrópolis*.

— Mediante a todos esses fatos... aconselhamos

aos moradores a permanecerem dentro de suas casas, até que a gente descubra os responsáveis por esses crimes.

— Então quer dizer que não vamos ter a edição da Bauernfest neste ano? — pergunta outra jornalista do giro serra.

— De acordo com o que sei... A Prefeitura de Petrópolis decidiu manter o evento — Isabella diz um pouco a contragosto.

— E qual órgão ficará encarregado de fazer a segurança do evento? — pergunta outro jornalista do Petrópolis sob lentes.

— Todos nós! — Isabella responde, não transmitindo motivação alguma em sua voz. — A Polícia Militar, a Civil, o BOPE, a Polícia Rodoviária Federal e a Polícia Federal, é claro. Agora, se me dão licença, preciso voltar ao trabalho. Por hoje é só, pessoal! — ela se despede de todos aqueles jornalistas, tentando pensar em novas maneiras de dar prosseguimento com aqueles casos.

— Isabella! Isabella! — Rafael chama da janela. — Corre aqui! Acho que você vai gostar de escutar isso aqui. Vem... Anda!

— O que você descobriu? — Isabella pergunta, entrando pela sala de Rafael sem ânimo algum.

— A delegada Sofia Pereira está envolvida em todos os crimes daqui. Dá para acreditar nisso? — Rafael se enche de esperança, ao colocar outra cadeira ao lado da sua.

— Conseguimos, Bella!... — Beatriz sorri para a

sua parceira. — Solucionamos todos esses casos.

— Quem diria que uma ideia maluca dessas iria dar certo no final — Beatriz tenta brincar, ficando mais aliviada com a sua situação profissional.

— Já era hora! — Monique entra pela sala, vendo a expressão de felicidade de sua parceira. — Acho que todos nós vamos ser promovidos depois que levarmos essa conversa para os nossos superiores, não acham?

— Vamos escutar novamente? — pergunta Rafael, mal se contendo de empolgação.

— Não tem outro jeito! — diz Kaique, muito decepcionado.

— Como assim "novamente"? — pergunta Isabella, ainda sem entender muito bem.

— Mandamos a gravação para o seu celular, você não viu? — pergunta Rafael, vendo a sua parceira conferir diante de sua equipe.

— Não tive tempo — Isabella responde, averiguando em seu celular. — Mas por que Kaique não está feliz como vocês?

— Você terá que escutar o áudio para saber... — responde Rafael, entendendo as crenças políticas de seu colega de trabalho.

— Já que eu não consegui escutar... Vamos a ele então! — diz Isabella, demonstrando todo o seu entusiasmo com a voz novamente.

— *Eles descobriram alguma coisa?* — pergunta uma voz doce e fina.

— Não, *Lia! Eles nem chegaram perto disso... se não fosse por aquelas mensagens, eles estariam mais perdidos ainda* — diz a delegada Sofia, debochando de toda aquela situação.

— Ótimo! Ótimo!... Fiquei sabendo que a menina é boa, é verdade?

— *Ela se parece comigo mais nova...* — a delegada Sofia se orgulha. — *Cheia de energia, brilho nos olhos e confiança.*

— *Excelente! Precisamos de mais gente dessa extirpe em nosso país, não acha?*

— Só fiquei com um pouco de pena dela... — diz a delegada Sofia, pensando na energia que aquela equipe demonstrava.

— *Mas nós precisávamos matar aqueles inocentes. Você ainda não entendeu isso?...* — Lia altera o tom de sua voz. — *Em toda grande revolução morrem pessoas inocentes, isso é fato, minha amiga.*

— *Eu sei, Lia... mas não vou negar... Fiquei com muita pena do Eraldo, da Clara, e do casal também... da Danielle e do Estevão, sabe? Mas vocês foram incríveis na arte da manipulação.*

— *Tivemos que inventar aquelas acusações, não teve jeito...* — Lia responde friamente. — *Porque senão íamos dar muita bandeira, não acha?... Matando somente um fascista e o casal nazista.*

— *É... você está certa! A polícia ia colocar a culpa em vocês* — responde a delegada Sofia, refletindo sobre todos aqueles crimes em sua cabeça.

— *Você ainda tem dúvidas sobre isso?* — Lia começa a gargalhar do outro lado da linha. — Nós precisávamos despistá-los... *N*ão tinha outro jeito.

— *Você já tem a próxima lista?* — pergunta a delegada Sofia, um pouco apreensiva.

— *Sim! Já está aqui comigo...*

— *Mas o presidente está nessa lista?* — pergunta a delegada Sofia, um pouco preocupada com a repercussão que aquilo iria gerar na mídia.

— *Você achou o quê?... Que ele não morreria no final?...* — Lia começa a rir histericamente.

— *Eu sei que ele é fascista, mas... Eu pensava que vocês quisessem somente o impeachment dele.*

— Não vai me dizer agora que você se afeiçoou à *extrema-direita?* — Lia para de rir imediatamente.

— Não é isso. *Lia... mas não podemos esquecer que ele tem os seus direitos fundamentais, que precisam ser preservados, antes de mais nada, não acha?*

— *Mas que absurdo é esse?* — Lia começa a se irritar. — *Ele se preocupou com as pessoas que morreram na ditadura?... Vindo a apoiar o AI-5 e diversos generais que torturavam os manifestantes que eram contra o regime. Sem contar as pessoas que foram torturadas pelos militares e que nunca saberemos onde estão enterradas. O presidente por acaso se preocupou com a Covid-19?... Saindo por aí em passeatas de moto sem máscara, desrespeitando gravemente a ciência. E o seu descaso com a preservação da Mata Atlântica?... Deixando-a na mão de diversos garimpeiros que matam diariamente dezenas de índios, que são os verdadeiros donos do local. Não!... Isso não!... Ele deve ser morto o quanto antes.*

— Tudo bem, Lia! Você não precisa gritar comigo desse jeito... Eu já entendi! Eu só achei que a prisão estava de bom tamanho para ele — a delegada Sofia rebate educadamente.

— Para depois ele sair dela ileso? — Lia critica ferozmente aquela ideia. *— Ou você se esqueceu que o órgão para o qual você trabalha é comandado inteiramente por ele?... Assim como o Exército, a Marinha, a Aeronáutica, a Polícia Militar, o BOPE, a Polícia Civil e a Polícia Rodoviária Federal.*

— Eu já entendi! Mas vai ser de sua responsabilidade apenas. Não quero fazer mais parte disso, tudo bem?

— Faça como quiser! A Marcha pela Liberdade tentará dar o golpe, antes que o presidente o dê primeiro, me escutou bem?

— Mas para isso precisamos matar todos esses políticos de extrema-direita? — A delegada Sofia confere calmamente todos os nomes daquela lista.

— Sim! Esse é o preço!... Para que a democracia volte a governar esse país.

— Mas dessa vez a lista não contêm nenhum nome inocente. — A delegada Sofia relê atentamente aquela lista novamente, tentando encontrar alguém que não fosse político.

— Eles não vão fazer falta nenhuma no mundo. A guerra vai começar muito em breve — Lia alerta a sua amiga.

— *Tenho medo que isso cause uma desestabilização na sociedade... — a delegada Sofia reflete sobre aquilo, temendo que algo de ruim aconteça com a sua amiga.* — Que depois seja muito difícil de controlar.

— *Mas a sociedade já está desestabilizada! A democracia já está em perigo! Será que você não consegue enxergar isso?... Se quisermos restabelecer a democracia na sociedade teremos que matar. Isso é uma guerra ideológica, Sofia... E, em toda guerra, gente inocente morre. Você está dentro ou fora?*

— *Estou dentro!* — responde a delegada Sofia, ainda com muito medo do que aquilo poderia causar para a sua carreira e para a sua família também.

— *Você não vai se arrepender disso, minha amiga... estará colocando para sempre o seu nome na história de um novo Brasil democrático e livre de qualquer sistema fascista e genocida* — Lia termina sua fala, como se quisesse começar a sua luta naquela instante.

— Essa era ninguém menos que... — Rafael fica totalmente eufórico ao terminar de escutar aquele áudio.

— Lia do Nascimento! A líder do Partido da Liberdade Social, mas conhecido como PLS — responde Kaique, não querendo acreditar naquele áudio que tinha acabado de escutar.

— Então quer dizer que ela é a grande responsável por todos esses crimes hediondos? — Isabella pergunta, destruindo tudo aquilo que tinha construído em sua cabeça sobre aqueles crimes.

— Pelo que parece... — responde Beatriz, tentando imaginar o alarde que a mídia faria caso descobrisse aquilo também.

— Não pode ser... — Kaique não consegue acreditar naquilo. — Eu sempre acreditei na Marcha pela Liberdade. Eles para mim representavam...

— Os valores mais elevados da sociedade? — Monique completa a fala de seu parceiro.

— Exatamente isso!... E agora olha para esse áudio? — Kaique se senta novamente, com lágrimas no rosto.

— Então quer dizer que fomos totalmente enganados naqueles outros assassinatos? — Isabella tenta reorganizar seus pensamentos, depois de ter escutado aqueles áudios.

— Pelo visto, sim! — diz Beatriz, começando a escrever naquele quadro em branco os nomes das vítimas. — Tanto Eraldo... Clara... Danielle... e Estevão... eram mesmo inocentes.

— Eles conseguiram nos manipular direitinho... — Isabella desabafa, se sentindo muito impotente diante de sua profissão. — Mas que merda!

— Esquerda filha da puta! — Kaique fica muito bravo com aquela situação. — Quem vai nos governar agora?

— Pelo visto... Depois que entregarmos essa gravação para os nossos superiores... muito provavelmente a esquerda nunca mais vai conseguir governar esse país novamente, não acha? — responde Sarah, tentando prever as futuras articulações políticas que aconteceriam no país, depois que aquela gravação vazasse para a imprensa.

— Temos que fazer um mandado de prisão para a senhora Lia o quanto antes, não acham? — propõe Isabella para a sua equipe, percebendo que Kaique não tinha ficado nenhum pouco feliz com aquela decisão.

— Eu sei que é muito difícil escutar isso, meu amigo... — Rafael tenta confortá-lo. — Mas é o nosso trabalho! A prova está aí! Para quem quiser ouvir.

— Eu sei! Mas nunca pensei que a Lia fosse capaz de fazer isso, me entende? — diz Kaique, tentando enxugar as lágrimas em seu rosto. — Logo ela que defendia a democracia com unhas e dentes...

— Sabemos que é muito difícil aceitar essa decisão... ainda mais quando temos uma crença política muito enraizada. — diz Sarah, tentando amenizar um pouco aquela situação.

— Não tem outro jeito, me desculpa... Mas temos que fazer isso! — Isabella fala firmemente, se dirigindo para a sua sala para providenciar as papeladas.

— Mas, espere um minuto... — Beatriz tenta alcançar a sua parceira no corredor. — E se ao invés de informarmos os nossos superiores, nós informássemos diretamente o presidente sobre a possível ameaça de morte?

— Até que não seria uma má ideia também... — Isabella para no caminho, pensando sobre aquela hipótese.

— O que vocês acham disso? — pergunta Beatriz, voltando com sua parceira para a sala onde estava toda a equipe.

— Acho que o presidente poderia reforçar mais rapidamente o seu sistema de segurança para qualquer atentado que pudesse sofrer — Rafael responde, achando a ideia genial.

— Mas e quanto ao mandado de prisão? — Isabella se preocupa com aquela questão.

— Deixaremos a cargo do presidente resolver toda a questão, o que acham? — Monique propõe rapidamente, tentando ajudar a sua equipe com as próximas ações.

— Esse caso é muito maior do que nós, Isabella... — Sarah lhe alerta, percebendo que não iria conseguir dar conta daquilo tudo. — Essa lista deve conter vários nomes de políticos da extrema-direita, e não cabe a nós somente protegê-los, não acham?

— Já que o presidente é amigo íntimo de todos os generais que controlam as instâncias de segurança desse país, como a Lia muito bem disse nessa gravação, acho que seria muito melhor se avisássemos pessoalmente a ele — Rafael argumenta, querendo muito passar aquele caso para equipes muito mais preparadas do que a dele. — O que acham?

— Tudo bem! — diz Isabella, ao aceitar aquela nova ideia de sua equipe. — Então é melhor vocês se prepararem... Pois amanhã já quero estar em Brasília para podermos falar pessoalmente com o presidente. Ok?

— Será que ele vai nos atender? — pergunta Kaique, tomando coragem para enfrentar a dura realidade que começava a lhe assombrar.

— É claro que vai! — Beatriz responde convictamente. — Me diga qual político não gosta de saber, em primeira mão, de um golpe governamental?

8. O GOLPE DA EXTREMA-DIREITA

— Ainda não estou convencido... — diz Kaique ao seu parceiro, antes de entrar em seu apartamento.

— Eu sei que é difícil de acreditar... mas é a mais pura verdade, meu amigo — Rafael tenta confortá-lo, respeitando as crenças políticas de seu amigo.

— Pelo que conheço da Lia... — Kaique entra em seu apartamento. — Ela nunca ia ser capaz de matar ninguém, logo ela que sempre defendeu os oprimidos. Eu não consigo entender isso...

— Mas, infelizmente... escutamos ela dizer aquelas barbaridades... então...

— Ela sempre foi um exemplo de pessoa, sabe?... — Kaique começa a refletir sobre a pessoa em quem acreditava. — Sempre defendendo os direitos dos índios contra os garimpeiros. Indo contra as políticas que visavam o desmatamento da Mata Atlântica; sem contar que ela sempre foi uma defensora dos direitos humanos também. Indo contra a cúpula do presidente quando eles afirmavam que bandido bom é bandido morto. Entende o que eu estou querendo dizer?

— Eu te entendo... é difícil aceitarmos a realidade às vezes. — Rafael começa a arrumar as malas.

— Parece que alguma coisa nessa história não

se encaixa direito... — Kaique começa a pensar sobre aquilo.

— Faça o favor de arrumar as suas malas? — Rafael fica sem paciência para aquelas suposições. — Ou não conseguiremos embarcar no voo para Brasília.

— Tive uma ideia! — Kaique para de arrumar suas coisas. — Vou levar uma escuta comigo, o que acha?

— Como é que é?... Você só pode estar brincando comigo... A essa altura do campeonato? — Rafael esbraveja, também interrompendo a arrumação as suas coisas. — Estamos prestes a sermos reconhecidos pelo trabalho que fizemos, enquanto você fica aí supondo novas hipóteses em sua cabeça. É isso mesmo?

— Eu sei que você não concorda com isso, mas... — Kaique tenta escolher as palavras certas para tentar convencer o seu parceiro. — Eu preciso tentar, me entende?... Estou custando a acreditar que a líder do Partido da Liberdade Social esteja envolvida em todos esses crimes.

— Faça o que quiser! — diz Rafael, voltando a sua atenção para a mala que estava arrumando. — Mas não vou fazer parte disso, me escutou?... Já sabemos da verdade! Agora não cabe mais a mim te dizer em quem acreditar.

— Tudo bem, eu te entendo... — Kaique se responsabiliza. — Mas não custa tentar pela última vez, você não acha? Irei colocar essa escuta na sala do presidente... Vamos ver o que eu consigo descobrir.

— Boa sorte! Mas você correrá o risco de perder o

emprego, caso alguém consiga descobrir que um agente da Polícia Federal tentou sabotar o próprio presidente — Rafael alerta.

— Não tem problema! Mas pelo menos durmo com a minha consciência mais tranquila — argumenta Kaique, sabendo de todas as consequências que aquilo causaria em sua profissão, caso alguém descobrisse antes do tempo necessário.

— A partir de agora é cada um com as suas próprias convicções, tudo bem? — Rafael termina de arrumar a sua mala, sentindo muita pena de seu parceiro.

*

— Senhor Presidente? — Um assessor entra na sala. — A equipe da Polícia Federal do Rio de Janeiro acabou de chegar.

— Mas que notícia maravilhosa! — o presidente se alegra. — Peçam para entrar, por favor...

— Como desejar, senhor!

*

— Fizeram uma boa viagem? — pergunta o senhor presidente oferecendo cortesmente aquelas cadeiras em sua sala, para que eles pudessem se sentar.

— Fizemos, sim! — Isabella responde energicamente, percebendo a grandiosidade daquele lugar.

— Já estava ansioso por conhecê-los... Estou muito curioso com essa gravação que vocês conseguiram interceptar da senhora Lia. Minha assessora Eliana já me disse todas as informações necessárias. Mas que horror, hein?... Eu nunca gostei muito dos comunistas, sabem? — O presidente percebe que um deles não gostou de escutar aquilo. — E nunca poderia imaginar que eles fossem capazes de cometer todos esses crimes na cidade de Petrópolis. Depois dizem que o grande genocida da história sou eu... — O presidente começa a gargalhar da situação.

— Senhor presidente? — Isabella chama, se preocupando muito com aquela questão. — O senhor corre um grave perigo. Pois ainda não sabemos direito como iremos te proteger.

— Não se preocupem com isso... — Ele desabotoa o colarinho de seu terno. — Hoje mesmo faremos uma coletiva de imprensa... e a Eliana já enviou a gravação para a imprensa, para o Supremo Tribunal Federal e para a Câmara dos Deputados também. Eles já estão apurando os fatos e acredito que dentro de algumas semanas eles cassem o mandato da senhora Lia à frente do Partido da Liberdade Social, assim como dos outros integrantes da Marcha pela Liberdade também. Acho que depois dessa... a esquerda nunca mais conseguir subir ao poder novamente.

— Mas o que o senhor está pensando em fazer nessa coletiva de imprensa? — Kaique pergunta, um pouco preocupado com as possíveis consequências daquela tragédia.

— Vou comunicar que queremos o fim do Partido Comunista no Brasil... — diz o presidente, se sentindo muito mais aliviado com aquela nova situação na sociedade. — E já estou com a intenção de prender todos os filiados do partido da Lia. Você não acha uma ótima ideia?... Já até falei com os representantes do Exército, da Aeronáutica, da Marinha, da Polícia Militar, do BOPE, da Polícia Rodoviária Federal e da própria Polícia Federal. E todos estão doidos para que os órgãos superiores autorizem isso o quanto antes.

— Senhor presidente? — Outra assessora entra pela sala. — A imprensa já acabou de chegar.

— Muito obrigado, Solange! Já estou indo, tudo bem?... — o senhor presidente espera a assessora fechar a porta novamente, para que pudesse terminar aquela conversa. — Então é isso, pessoal!... — começa a cumprimentar cada um daquela equipe — Meus parabéns pelo trabalho de vocês... Todos serão muito bem recompensados por isso, me escutaram? Vocês salvaram este país da peste comunista... — cumprimenta o agente Kaique, reparando que ele não estava muito feliz com aquela situação. — Todos aqui serão vistos a partir de agora como heróis nacionais. Isso é digno de medalha de honra! E quem diria, hein?... No primeiro ano de vocês trabalhando para a Polícia Federal... — Ele olha mais uma vez para aquela equipe em sua sala, tentando guardar aquele momento em sua memória para sempre.

*

— Estamos aqui hoje para celebrar a vitória que essa nação travou em cima dos comunistas... — o presidente começa a discursar, se orgulhando muito daquela equipe da Polícia Federal. — Que como todos já sabem... — Olha para aquela multidão de jornalistas. — Eles foram capazes de matar pessoas inocentes, para que um dia o comunismo se instaurasse no seio da sociedade brasileira. Nós, por outro lado... sempre tentamos construir um governo que fosse feito em cima das muralhas da fé, tendo como destino os ensinamentos do nosso senhor Jesus Cristo. Que nos fortaleceu... para enfrentarmos de peito aberto toda a barbárie pregada pelos comunistas desse país. Assim sendo... Como todos aqui já sabem... A senhora Lia do Nascimento, presidente do Partido da Liberdade Social, mas conhecido como PLS, junto com a sua quadrilha criminosa, chamada de Marcha pela Liberdade, foram os grandes responsáveis pelas mortes daquelas pessoas inocentes em Petrópolis... E como se não bastasse isso... ainda estava tentando armar um plano para me matar muito em breve. Agora quero muito chamar atenção para outra coisa... Isso tudo que aconteceu no Brasil... foi por causa de uma ideologia política, que nunca foi a favor do Brasil. E é exatamente por isso que decretamos, a partir de agora, a extinção do Partido Comunista do Brasil, de uma vez por todas. E que eles paguem por cada crime que cometeram... Que Deus salve esse país!

*

— E aí, conseguiu? — pergunta Rafael, no meio daquela multidão em êxtase.

— Consegui! — Kaique responde muito mais

aliviado Kaique, tentando se desvencilhar de sua própria tensão do momento.

— O que você espera encontrar com isso? — Rafael pergunta, ainda não entendendo a necessidade daquilo.

— Justiça! — Kaique responde seriamente, olhando para o presidente.

*

— Senhor Presidente? — Eliana entra delicadamente por aquela porta.

— Sim?

— Deborah Galvão, da Polícia Federal do Rio, acabou de chegar, senhor...

— Mande-a entrar... — O presidente se ajeita na cadeira. — Quero pessoalmente lhe dar a notícia.

— Como quiser, senhor presidente...

*

— Deborah!... — ele fala em voz alta aquele nome, como se aquilo significasse vitória. — Gostaria muito de te agradecer pessoalmente pelos serviços prestados... — Aperta educadamente sua mão. — Você não vai se arrepender!

— Até que não foi muito difícil... — Deborah sorri para ele. — Não gostava daquela equipe mesmo...

— Mas agora eu quero saber... Como você conseguiu descobrir aquela escuta? — o presidente pergunta, um pouco ansioso para saber a resposta.

— Na verdade, foi bem fácil, sabe?... Eu estava no corredor quando Isabella propôs aquela ideia da escuta para o Rafael. Ela não tinha gostado nenhum pouco da proposta daquela delegada, sabe?... Que tinha lhe pedido para abandonar os casos ou que deixasse que outra equipe, mais experiente, pudesse assumir aquilo tudo, então...

— Isabella é fogo! — O presidente se diverte em escutar aquilo. — Ô, guria arretada! Demos muita sorte de tê-la em nossa equipe. Por mais que você não goste dela... Mas tem que admitir... Ela desconfia de tudo e de todos mesmo. Mas nunca pensei que ela cairia nessa manipulação.

— Desculpa, senhor! Mas acho que não entendi direito? Manipulação?

— Você não quer o novo cargo? — o presidente pergunta, para ter certeza que aquela agente não se arrependesse depois.

— Mas é claro que quero! Não ia aguentar ficar a minha vida inteira fazendo aqueles malditos passaportes, se o senhor me entende, é claro... — Deborah desabafa, tentando se livrar de qualquer culpa que pudesse sentir com aquilo.

— Então não fique com pena daquela equipe! — o presidente esbraveja.

— Mas, se o senhor me permite... — Deborah tenta ser a mais sensível possível com aquela situação. — Eu gostaria muito de saber o que aconteceu, pois se fiz parte de algum processo governamental, tenho o direito de saber, o senhor não acha?

— Tá bem!... Tá bem!... Vocês da Polícia Federal, hein? — O presdiente aceita aquele pedido. — Não se cansam de saber todos os detalhes de cada operação. Não é mesmo?

— Faz parte do nosso trabalho, senhor! — responde Deborah, se sentindo muito mais aliviada.

— Os casos estavam ganhando muito destaque na mídia... — o presidente começa a explicar, se ajeitando em sua poltrona. — E ficamos com medo que os comunistas pudessem estar ganhando mais eleitores por causa disso, me entende?... A morte do prefeito Rogério Damasceno e daquele casal de senhores... Como era mesmo os nomes? Ah, sim!... Gustav Müller e Johanna Holtz, acabou mexendo muito comigo, sabe?... Fiquei furioso que a equipe da Polícia Federal não estava conseguindo encontrar os responsáveis por aquelas barbaridades, então... Acabamos bolando um plano.

— Mas que plano? — Deborah pergunta um pouco assustada, começando a pensar que tinha sido usada para alguma coisa que ainda não sabia o que era.

— Bom... Já sabíamos que a equipe de Isabella era muito boa no que fazia, pois o próprio diretor geral da Polícia Federal, o senhor Antônio de Carvalho, foi o grande responsável por reunir aquelas pessoas, por mais que elas não tivessem nenhuma experiência ainda, pois todos eram recém-concursados... Lembro-me que cheguei a comentar com a delegada Sofia Pereira sobre a equipe, e foi aí que bolamos um plano... Já que os casos ainda não tinham encontrado os seus respectivos culpados, decidimos culpar alguém de nosso interesse.

— Mas então tudo aquilo que eu fiz... — Deborah já começa a sentir todo o peso da culpa.

— Era o certo a se fazer! — o presidente responde convictamente. — Pois uma perita criminal jamais pode colocar uma escuta em uma delegada. Isso vai contra a instituição onde ela trabalha, senhorita.

— Mas então a senhora Lia era inocente... — Deborah começa a tremer de nervoso. — Ela não cometeu todos aqueles crimes, não foi?

— Mas é claro que não! — O senhor presidente começa a gargalhar daquela situação. — Ou por acaso você já viu algum comunista matar, hein?... Só quem mata e tortura somos nós, minha querida.

— Então isso foi um golpe de Estado? — pergunta Deborah, tentando acordar daquele pesadelo em que tinha acabado de participar sem saber.

— Pode se dizer que sim! — o presidente sorri para aquela agente. — Aproveitamos a cobertura da mídia naqueles casos e acabamos modificando um pouco a história, para que ela tivesse um final feliz. O que achou?

— Mas os responsáveis por esses crimes vão continuar soltos por aí! — Deborah se exalta um pouco.

— Mas que responsáveis?... Se a equipe de Isabella não conseguiu encontrá-los a tempo? E, ainda por cima... não sabemos nem se foi uma quadrilha que cometeu todos esses crimes ou se foi somente uma pessoa, mocinha.

— Vocês são uns monstros! — Deborah se levanta da cadeira, sem pensar na segurança de sua vida. — E eu, ainda por cima... vou ficar marcada para sempre na história por causa disso. Vocês são realmente patéticos!

— Para você ver o que uma pessoa não faz na vida para conseguir ter um cargo melhor... — o presidente lhe diz friamente, temendo que aquela agente algum dia possa abrir a boca para alguém da mídia. — Estamos de olho em você, mocinha!... E lembre-se sempre de uma coisa... A história sempre será contada pelos vencedores, e nunca pelos vencidos.

— *Peguei o filho da puta*! — Kaique pensa consigo mesmo, mal conseguindo acreditar naquilo em que tinha acabado de escutar em sua sala. — *Agora a única coisa que tenho que fazer é mostrar isso para alguma jornalista renomada... e torcer para que essa gravação chegue aos ouvidos do público, do Supremo Tribunal Federal e da Câmara dos Deputados a tempo, antes que eles cassem o mandato da Lia e de sua Marcha pela Liberdade.*

9. A CASA DA MORTE

— Mas por que você está assim todo animado, posso saber? — Isabella pergunta para o seu parceiro, sem entender aquele comportamento logo pela manhã.

— Os casos ainda estão sem respostas! — Kaique fala rapidamente ao entrar por aquela sala todo atrapalhado. — Acabei de escutar uma conversa do presidente que...

— Não vai me dizer que você o grampeou? — pergunta Isabella, ficando muito preocupada com as consequências que aquilo poderia causar para a sua equipe.

— Bem... Não foi bem um grampo... — Kaique começa a falar, percebendo que toda a sua equipe já estava naquela sala. — Mas eu acabei colocando uma escuta na sala do senhor presidente e acabei descobrindo todo o seu plano. Quer ouvir?

— Mas que plano? — Sarah também fica sem entender Sarah.

— O presidente acabou armando uma cilada para a Lia — Kaique tenta explicar com calma, atropelando um pouco as palavras.

— Mas como? Se a voz da Lia estava nitidamente naquela gravação? — Rafael também fica sem entender muito bem.

— Que tal se fôssemos até a minha sala? — Kaique propõe para a sua equipe, almejando escutar mais alguma coisa a respeito daquele golpe.

*

— Está orgulhoso de mim, meu amigo?

— Mas é claro que estou, Ferreira. Você já leu os jornais hoje?... Tudo indica que o Partido Comunista estará extinto dentro de alguns dias no Brasil. Isso não é formidável?

— Vou me tornar o presidente mais importante desta nação. Não acha?

— Tenho a absoluta certeza disso, meu amigo.

— Que plano bolamos, hein?... Vai ser muito difícil alguém descobrir isso na história, não é mesmo?

— Nem me fala... pensei que isso não ia dar certo, mas deu. Tudo graças a agente Deborah Galvão. Precisamos recompensá-la no futuro. O que acha?

— Já estou pensando em alguns cargos políticos dentro da *Polícia Federal...*

— Quem diria, hein?... Que uma simples agente iria fazer parte da história do Brasil para sempre.

— Mas acho que ela não vai mais querer nenhum cargo dentro da Polícia Federal...

— Ué! Mas por quê?

— Ela começou a ter uma crise de consciência depois que soube de tudo, sabe?

— Entendi! Também não é pra menos não é? — Uma voz desconhecida começa a gargalhar.

— João Carmona está bem contente com tudo isso.

— Nunca pensei que o diretor executivo da Polícia Federal fosse capaz de aceitar um plano desses.

— A Sofia Pereira também está felicíssima com tudo isso.

— Essa delegada serviu de base para o nosso plano.

— É... ela foi muito importante para esse golpe mesmo.

— Temos que arrumar um bom cargo para ela depois que a poeira baixar, não acha?

— Não se preocupe com isso! Já estou vendo aonde poderei encaixá-la também.

— Nunca pensei que essa delegada fosse capaz de fazer um plano desses, e você?

— Também não... Mas funcionou, não é mesmo?

— E como!

— O mais difícil nisso tudo foi conseguir capturar a Lia.

— Mas quem conseguiu?

— Foi o meu segurança o... Adalberto!

— Mas ainda não consegui entender todo o processo.

— Bem... acho que já está na hora de eu te dar uma explicação de tudo.

— Por favor!

— Bem... Logo depois que fomos informados pela agente Deborah Galvão, que Isabella tinha colocado uma escuta na bolsa da delegada Sofia, começamos a elaborar um plano para capturar a presidente

do Partido da Liberdade Social... A Lia!

— Sim! E como vocês conseguiram fazer isso?

— Bem... Começamos a analisar a sua rotina com muito cuidado, e percebemos que ela tinha o hábito de ir até a favela da Rocinha, todos os dias.

— Mas o que ela ia fazer lá?

— Até parece que você não sabe como são os comunistas... — O presidente começa a gargalhar.

— Oh.... Se sei! Eles estão sempre querendo se envolver em projetos sociais. Ou estou errado?

— Não! Não! É isso mesmo! Você acertou em cheio! Esse bando realmente acredita que pode acabar com a desigualdade social no Brasil... Agora você vê um absurdo desses...

— São uns imbecis mesmo! Mas você ainda não me falou tudo.

— Calma! Já vou chegar lá, meu amigo...

— Quero saber como vocês conseguiram forçá-la a dizer aquilo tudo.

— Bom... aí... depois que capturamos a Lia, resolvemos torturá-la um pouquinho... como você já sabe... com aqueles métodos que sempre usamos desde a ditadura militar... e em seguida ordenamos que ela falasse todas aquelas coisas.

— Mas ela aceitou isso sem resistência nenhuma?

— Bem... Os comunistas são conhecidos por ter uma enorme resistência psicológica, então... deixamos bem claro para Lia que se ela quisesse ver a sua família com vida novamente... teria que falar aquilo tudo

que escrevemos numa espécie de roteiro de filme censurado, se é que você me entende, né? — O presidente solta outra gargalhada, ainda se divertindo muito com aquelas cenas de súplicas em sua mente.

— *Foi um baita de um plano, meu amigo... E fico muito orgulhoso de fazer parte disso na história do Brasil.*

— Já sabe como estão apelidando esse golpe nas repartições internas dos órgãos de poder?

— Não!

— *De "O Golpe do Genocida!"* — O presidente solta sua última gargalhada.

*

— Você conseguiu gravar tudo isso? — Isabella pergunta ao seu parceiro, começando a retomar todos aqueles casos em sua mente novamente.

— Não perdi a oportunidade! — responde Kaique, se sentindo muito revigorado ao escutar tudo aquilo.

— Então isso tudo não passou de uma farsa? — Beatriz se intriga, percebendo que sua equipe tinha voltado para a estaca zero novamente.

— E o que ainda é pior... Os responsáveis por esses crimes ainda estão soltos por aí. — Monique adverte a sua equipe.

— Não acredito que você estava certo esse tempo todo... — fala Rafael, ainda em transe.

— Mas quem teve essa ideia de colocar uma escuta na sala do presidente? — pergunta Isabella, tentando disfarçar o orgulho que estava sentindo de sua equipe naquele momento.

— Foi minha! — responde Kaique, percebendo que tinha ganhado o respeito de toda a sua equipe por aquele feito heroico.

— Será que ainda dá tempo de informarmos a mídia sobre isso? — pergunta Isabella, se sentindo muito mais aliviada de sua equipe não ter aceitado aquela suposta promoção.

— Acho que sim... — Kaique começa a fuçar em seu celular. — Vou entrar em contato com uma jornalista amiga minha.

— Qual é o nome dela? — pergunta Monique, querendo muito estar na pele daquela pessoa.

— Jussara Madeira! — responde Kaique, encontrando o nome dela em seu celular.

— Eu a conheço! — responde Isabella, já tendo lido algumas matérias dela nos jornais locais. — Ela é jornalista do *Diário de Petrópolis*, não é?

— Pelo jeito... — Beatriz começa a ficar muito ansiosa com aquela nova perspectiva em sua vida profissional. — Essa jornalista vai ser a mais importante da história brasileira.

— Assim como nós também seremos! — diz Kaique, terminando de enviar aqueles dois áudios para a jornalista.

*

— A Lia vai discursar agora... — Kaique entra

pela sala, indo logo ligar a televisão no canal 13.

— Será que ela já foi informada sobre os áudios? — pergunta Sarah sendo acompanhada por Monique logo na sequência.

— Se conheço bem a Jussara... — Kaique se ajeita na cadeira, para poder escutar aquele discurso com toda a sua atenção. — Ela já deve ter passado para a assessoria da Lia, sim.

— Vamos escutá-la! — Isabella pede para que a Beatriz feche a sua porta, para não ser incomodada naquele momento também.

*

— *Boa tarde, pessoal!* — de cima do palanque, Lia começa a falar. — *Estamos aqui hoje para agradecer a jornalista petropolitana, Jussara Madeira, que se manteve firme em seu trabalho, disponibilizando aqueles dois áudios do senhor presidente para o público e para toda a imprensa também, ao qual se comprova a minha inocência, em todas as acusações feitas pelo partido da extrema-direita. E se ainda resta alguma dúvida diante desses fatos, vou repetir a verdade para quem quiser escutá-la, tudo bem?...* — Olha atentamente para aquela multidão que gritava por justiça. — *Eu acabei sendo capturada na madrugada de segunda-feira, enquanto eu estava saindo de um projeto social dentro da Favela da Rocinha pelo segurança do senhor presidente, chamado Adalberto da Silva. Na seq*uência, eles me levaram para um local desconhecido, me torturaram e ameaçaram toda a minha família, caso eu não falasse aquilo que eles tinham escrito numa espécie de roteiro, que tive que interpretar, diante da delegada da *Polícia Federal, chamada Sofia Pereira, que sabia que estava com uma escuta em sua bolsa, e, dessa forma, eles acabaram me forçando a falar todas aquelas barbaridades que vocês infelizmente escutaram. A extrema-direita tentou aplicar um golpe de Estado em cima da sociedade brasileira, mas felizmente... o tiro saiu pela culatra, pois o agente da Polícia Federal, o senhor Kaique Arantes, acabou tendo a coragem de colocar uma outra escuta na sala do senhor presidente, para tentar comprovar sua tese de conspiração. Desde já... agradeço a excelente equipe da Polícia Federal de Petrópolis, que, com sua bravura, conseguiu descobrir a verdade por trás desse golpe. E, mais uma vez, torço para que eles achem o responsável, ou os responsáveis, por todos esses crimes que continuam sem resposta. Agora...* — Lia retira os seus óculos com cuidado ao mesmo tempo em que também guarda os seus papéis. — *Quero improvisar um pouco, se me permitem, é claro... Gostaria de esclarecer alguns pontos que continuam sendo essenciais para a democracia brasileira. Em primeiro lugar... Quero que o responsável, ou os responsáveis, por esses crimes se entreguem o quanto antes à polícia, pois prefiro ir na contramão do que o presidente sempre disse... Que bandido bom é bandido morto. Pois, para mim...* — Ela começa a se emocionar diante daquela multidão que começava a gritar pelo seu nome. — *Bandido bom é bandido preso, tendo sempre como seara ideológica a preservação de todos os seus direitos fundamentais e humanos. Sendo assim... espero, do fundo de meu coração, que essa pessoa, ou pessoas, arquem com suas responsabilidades diante da lei, pegando por suas penas com dignidade. Para quem assim, ele... ela... ou eles, possam voltar o quanto antes para a sociedade, com suas dividas penais pagas, tendo como base fundamental a preservação de todos os seus direitos como cidadão ou cidadã brasileira. Agora,, em segundo lugar...* — Lia retoma os seus papéis em cima do palanque. — *Quero muito abordar outra questão que acho muito importante também... E é em relação ao desmatamento da Mata Atlântica, ao qual o senhor presidente não está tomando as melhores medidas cabíveis para a sua preservação, deixando que os garimpeiros tomem posse de terras que são de origem indígena. O senhor presidente, como todos sabem... não está preocupado em proteger os direitos fundamentais dos índios, que são os verdadeiros donos dessas terras sagradas. Nunca antes na história desse país... a Amazônia foi tão explorada e desmatada como agora, na regência do ministro do meio ambiente, que não se preocupa nenhum pouco em proteger a linhagem sagrada dos índios e muito menos suas terras por natureza, levando-nos ao estado de calamidade pública. E, por fim, mas* não menos importante... Temos o número de mortes pela Covid-19, que chegou à incrível marca de um milhão de mortes no ano passado, *sob o comando do senhor presidente, que em todos os aspectos se manteve contra as medidas internacionais da Organização Mundial da Saúde, saindo em diversas passeatas públicas sem o advento de qualquer tipo de máscara, insistindo em remédios sem comprovação científica, teimando em não comprar mais doses de vacinas para a população e, por fim, debochando da força que a doença exercia em toda a humanidade. Por sorte... Conseguimos sair dessa crise humanitária com altos índices de mortes que vai perseguir para sempr a gestão desse governo, que nunca deixou de ser genocida. Antes de me despedir de vocês...* — Lia retira os seus óculos novamente, guardando-os em uma caixinha vermelha que estava em cima do palanque. — *Gostaria muito de informá-los sobre uma coisa... O governo do senhor presidente, que me recuso a dizer o nome, elaborou, junto a Polícia Federal, um mandado de prisão preventiva endereçado a mim, por causa dos primeiros áudios que saíram nos veículos de imprensa. Logo... peço ao Supremo Tribunal Federal e a Câmara dos Deputados que avaliem os últimos áudios que comprovam a minha tese de golpe de Estado, para que, assim... possamos pedir o pedido de impeachment para o senhor presidente o quanto antes... pois agora todos sabem que o genocida não tem capacidades psicológicas de reger uma nação...* — Ela começa a acenar para aquela enorme multidão que estava vestida de vermelho. — *Sendo assim... Só peço que vocês torçam... não por mim... mas pelo bem dessa nação novamente. Até breve pessoal!*

*

— Essa é a verdadeira Lia que eu conheço e tenho muito orgulho em dizer que votei... — Kaique desliga imediatamente aquela televisão, como se não precisasse ver mais nada naquele dia.

— O que foi, Isabella? — pergunta Beatriz, vendo que sua parceira estava muito entretida em seu celular.

— Eles querem se entregar! — Isabella avisa a sua equipe, tendo muito dificuldade de acreditar naquilo.

— Mas quem? — pergunta Rafael, sem entender a reação de sua parceira.

— Os responsáveis pelos assassinatos... — responde Isabella, relendo aquela mensagem em seu celular novamente. — Eles estão dizendo aqui que querem se entregar.

— Parece que o discurso fez mesmo o efeito desejado... — fala Kaique, todo sorridente com aquela nova possibilidade, sentindo muito orgulho em ser comunista.

— Mas onde? — pergunta Rafael, começando a sentir a adrenalina em seu corpo novamente.

— Eles querem se entregar na: *Casa da morte. Endereço: rua Arthur Barbosa, 668, telefone: 4090* — Isabella diz em voz alta, sabendo muito bem onde ficava aquele lugar. — E querem que a gente leve a imprensa a tiracolo também.

— Mas porque eles querem se entregar nesse local? — pergunta Rafael, achando aquilo muito estranho.

— Vai ver eles são comunistas... — pensa Kaique,

já temendo pelo pior. — Não era nesse local que torturavam diversas pessoas que eram contra a ditadura militar?

— Era, sim! — responde Isabella, já tendo lido uma matéria no jornal sobre aquele assunto.

— É melhor eu ligar para a imprensa então... — Beatriz se propõe, já percebendo que todos estavam com medo de ser um alarme falso.

— Vamos? — Isabella se prepara, não querendo em hipótese nenhuma ser a última a chegar naquele local.

*

— Hoje é um dia histórico para a imprensa e para o país... — uma jornalista começa a falar enquanto a Polícia Militar cercava a área. — A senhora Rafaela Elisário e o senhor Gabriel Castilho, depois de alguns meses, finalmente decidiram se entregar pelos assassinatos que cometeram na cidade de Petrópolis. O casal era filiado ao Partido Socialista da Liberdade, mais conhecido como PSL, e trabalhavam na Casa da Morte, em Petrópolis, com diversos outros historiadores que estudavam a fundo essa casa de tortura, que serviu de pano de fundo para a ditadura militar. Eles se formaram em História, pela Universidade Católica de Petrópolis e depois fizeram mestrado e doutorado pela Universidade do Estado do Rio de Janeiro, a UERJ. Mais informações daqui a pouco... Ok! Corta!

*

— Mas não é possível... — diz Isabella, ao estacionar o carro, já vendo toda aquela imprensa no local. — Eles já estão aqui!

— Um evento como esse ninguém quer perder... — Beatriz se prepara para sair do carro, levando consigo duas algemas.

— Será que são eles? — Kaique se pergunta, olhando para aquelas duas figuras que já estavam à frente daquela casa. — Eu conheço aquele casal ali... Eu estudei com eles na UERJ.

— Sério? Você nunca me disse que cursou história... — Rafael fica sem entender, ao olhar para o seu parceiro um pouco irritado.

— Na graduação, não... mas em compensação... no mestrado e no doutorado, sim. — explica Kaique ao seu parceiro, tomando muito cuidado para estacionar o carro.

— E você só me conta isso agora? — esbraveja Rafael, não reconhecendo mais o seu companheiro.

— Nunca achei que fosse importante para esse trabalho de hacker... — Kaique tenta amenizar o clima, não querendo nenhum tipo de desentendimento naquela hora. — Enfim... Agora você já sabe... não faz diferença nenhuma isso na nossa relação, faz?

— Vamos acabar logo com isso! — Rafael sai do carro, se preparando para receber todos aqueles flashes da imprensa.

*

— Estamos aqui! — diz em voz alta um homem que estava em frente à casa com uma mulher ao seu lado.

— Isabella?... — chama Beatriz, vendo aquele braço levantado em meio à multidão. — Acho que são eles ali...

— Vamos até lá então... — diz Isabella, já percebendo a chegada das outras integrantes de sua equipe também.

— Eu te dou cobertura!

*

— Não sabia que isso ia estar assim... — Sarah olha para aquela multidão, tentando identificar a sua equipe no meio daquilo tudo.

— Pois é! As notícias correm, não é mesmo? — Monique sente certa dificuldade para enxergar no meio de todos aqueles flashes que não cansavam de disparar.

— E pelo visto não é só a imprensa local... — observa Sarah, já identificando outras emissoras também.

— O difícil vai ser achar a nossa equipe no meio dessa bagunça, não acha? — Monique sai do carro com certa dificuldade de se aproximar mais do local.

— Quando a nossa equipe identificar os responsáveis pelos crimes... Aposto que a mídia cairá em cima deles em peso, você vai ver...

*

— Tudo bem com vocês? — pergunta Isabella ao se aproximar daquele casal.

— Tudo! — responde a mulher com a voz aveludada, tentando abrir os seus olhos em meio a todos aqueles flashes.

— Estão prontos? — pergunta Beatriz, antes de colocar as algemas naquele casal.

— Sim, senhora! — responde aquele homem, olhando pela última vez para aquela casa, antes de oferecer suas mãos cruzadas.

— Fizemos a coisa certa, amor! — fala aquela mulher, dando-lhe um beijo carinhoso em seus lábios.

— Eu sei que fizemos!

*

— Isabella!... Isabella!... Isabella... — chama uma jornalista no meio de todos aqueles flashes. — Como vocês conseguiram achar os responsáveis por todos esses assassinatos?

— Eles se entregaram por livre e espontânea vontade... — responde Isabella, tentando evitar aqueles flashes que estavam indo em sua direção. — Nós não fizemos nada!

— Vocês sabiam que eles eram comunistas? — pergunta outro jornalista, totalmente esbaforido.

— Sim! Eles mesmos já tinham nos avisado pelo celular — Isabella esclarece.

— Como é ser considerada a mulher mais importante de Petrópolis e do país também? — pergunta outra jornalista, com muita dificuldade para se aproximar.

— Não acredito nisso... — Isabella debocha daquela pergunta. — Tenho uma equipe maravilhosa comigo, que me ajuda muito, então... prefiro focar apenas no meu trabalho mesmo.

— Como vocês sabem que eles são os responsáveis pelos crimes que cometeram? — pergunta outro jornalista, aos berros.

— Porque foram eles é que mandavam as mensagens para o meu celular, nos alertando sobre os crimes que estavam cometendo, dando informações e algumas pistas também... que nos ajudavam no entendimento dos casos — responde Isabella, já percebendo a reação de surpresa dos jornalistas.

— Então quer dizer que eles explicavam o motivo de estarem matando essas pessoas inocentes, é isso? — pergunta outra jornalista, tentando entender aquilo tudo.

— Mas que tipos de informações? — pergunta outro jornalista, não esperando a resposta para aquela outra pergunta.

— Isso infelizmente eu não posso revelar, porque ainda é sigiloso... — Isabella responde seriamente, querendo logo sair dali.

— O que vocês vão fazer com o casal agora? — pergunta outra jornalista, tentando tirar várias fotos dos criminosos.

— Interrogá-los! — Beatriz responde em seu lugar, dirigindo-se para o carro.

*

— Senhor, Gabriel Castilho... acompanhe-me por aqui, por favor — O agente Rafael caminha na frente, mostrando-lhe o caminho.

— Senhora, Rafaela Elisário?... Dá para você acompanhar o seu marido, por favor? — Sarah alerta-a, percebendo que ela não estava muito atenta naquele ambiente.

*

— Dá para vocês me explicarem por que fizeram isso? — Kaique entra pela sala, não demonstrando nenhum tipo de profissionalismo.

— Kaique! Meu amigo! — Gabriel fica muito feliz em vê-lo. — Como o mundo é pequeno, hein?... Quer dizer que você se debandou para a direita, foi?

— Por que você fez isso, Kaique? — pergunta Rafaela, não conseguindo entender aquela decisão profissional.

— Isso não vem ao caso agora... — Kaique responde rispidamente. — Desde quando matar é ser comunista?

— Nós tivemos que fazer isso! — responde Rafaela, não demonstrando nenhum tipo de arrependimento.

— Como assim "tiveram"? — Kaique fica sem entender. — Vocês mataram gente inocente!

— Ficaria muito mais bonito se vocês tivessem nos passado todas as provas que vocês tinham a respeito de cada pessoa, não acham? — Sarah propõe, começando a avaliar o comportamento daquele casal.

— Íamos fazê-los pagar por isso... — diz Rafael, segurando uma xícara de café na mão.

— Para depois termos que vê-los todos soltos por aí?... — Rafaela se irrita com aquela possibilidade. — Não! Muito obrigado... Preferimos do nosso jeito.

— Vocês estão em que mundo, hein? — pergunta Gabriel, olhando boquiaberto para aquela equipe.

— Nós voltamos ao tempo da ditadura militar, meus amigos... — Rafaela começa a explicar o seu ponto de vista. — Logo... Vocês acham que os diretores gerais de cada órgão iriam fazer o que com alguns desses acusados?

— Eles iriam acobertar a corrupção do prefeito Rogério Damasceno, por ele ser de extrema-direita... ao mesmo tempo em que também não iriam validar as nossas comprovações históricas de que o senhor Gustav Müller e a senhora Johanna Holtz eram de fato nazistas — Gabriel tenta explicar, notando que o seu companheiro acadêmico também estava concordando com aquele ponto de vista inicial.

— Sem contar que o prefeito Rogério era amigo íntimo dos filhos do senhor presidente. Vocês acham que ele seria julgado com justiça? — Rafaela pergunta para aquela equipe, não sentindo remorso nenhum em seus atos.

— Mas e em relação ao casal nazista?... Como vocês descobriram aquilo tudo? — Monique pergunta aos acusados, tentando encontrar algum traço psicológico em suas personalidades, que os enquadrassem em alguma patologia.

— Temos um amigo nosso que está fazendo um pós-doutorado em Berlim sobre o nazismo, que acabou disponibilizando todos aqueles documentos para nós — responde Gabriel, totalmente ciente de seus atos.

— Mas e em relação às outras vítimas? — pergunta Sarah, tentando identificar alguns sinais de psicopatia nos dois. — Todas aquelas informações que vocês nos passaram eram realmente verdadeiras?

— Eram, sim! — Rafaela responde com muita confiança.

— Então vamos organizar melhor esse interrogatório... — Rafael propõe, querendo entender melhor tudo aquilo. — Que tal se vocês falassem mais um pouco sobre a primeira vítima... o senhor Eraldo Bittencourt, que era recém-casado com a senhorita Rayza Caetano. Como vocês conheciam o casal?

— Foi na faculdade... — Rafaela começa a falar. — Eles faziam psicologia e nós história... Nós sempre admiramos o amor livre que um sentia pelo outro sem ter necessariamente um comprometimento pré-estabelecido, sabe?

— Eles tinham um relacionamento bem aberto... — complementa Gabriel, cruzando os seus braços. — Gostavam de fazer ménages e orgias sempre que podiam.

— Mas depois que se casaram tudo piorou... — explica Rafaela.

— Mas por quê? — Beatriz pergunta.

— Alguns me disseram na festa de casamento... que o Eraldo tinha descoberto uma traição de Rayza, momentos antes de subir no altar — relata Gabriel. — Não sei se é verdade isso ou não.

— Eu até conversei com ela alguns dias depois pelo celular, enquanto eles ainda estavam curtindo a lua de mel no Hotel Quitandinha... — Rafaela se lembra da ocasião, começando a demonstrar certa emoção. — E foi aí que ela me contou que o Eraldo tinha enormes crises de ciúmes, chegando até a bater nela com o seu próprio cinto.

— Ficamos muito preocupados com isso... Pois sabíamos que tudo começa com as agressões verbais e depois vai para as físicas — complementa Gabriel, ainda se lembrando muito bem da morte daquela pessoa.

— Aí decidimos matá-lo antes que ele matasse a nossa amiga — Rafaela fala com muita coragem, percebendo que estava sendo avaliada psicologicamente também.

— E quanto à juíza?... A senhora Clara Gouvêa de Barros... Como vocês sabiam que ela abusava do filho? — pergunta Beatriz, mostrando algumas imagens do corpo da vítima.

— Nós conhecíamos a empregada que trabalhava para a família — responde Gabriel, ao olhar para aquelas fotos.

— Ela se chama Simone Salgueiro... e foi ela que nos disse que Ítalo sofria diversos tipos de violência doméstica — Rafaela explica melhor.

— Mas e quanto ao marido dela? — pergunta Monique.

— Ele não agredia o seu filho, mas em compensação... — Gabriel começa a transmitir muito raiva em seus olhos.

— Desviava bastante dinheiro público para encher a sua própria empresa de construção — Rafaela completa tentando acalmar seu companheiro.

— E como vocês conheciam a senhora Simone Salgueiro? — pergunta Sarah, sentindo muito dificuldade para enquadrá-los em algum aspecto psicológico.

— Ela era responsável por limpar a Casa da Morte para nós... — responde Gabriel, já sentindo muitas saudades daquela presença cheia de energia em sua vida.

— E quanto ao outro casal? A senhora Danielle Albuquerque e o Estevão Albuquerque... Por que vocês decidiram matar eles? — pergunta Rafael, muito interessado em saber mais sobre aquele caso.

— Há um tempo... Fui chamado para fazer melhorias no Canil Schimmelpfeng — responde Gabriel, tateando suas mãos cheias de calos.

— Melhorias?... Como assim? — Kaique fica sem entender.

— É que eu no tempo vago... sou pedreiro... — Gabriel mostra as suas mãos para a equipe da Polícia Federal, como se aquilo servisse de prova irrefutável. — Aí a proprietária, como já conhecia o meu trabalho, me pediu para fazer uma reforma no local, só que eu achei muito estranho esse pedido...

— Por quê? — pergunta Beatriz.

— Porque o casal me pediu para construir uma espécie de bunker bem embaixo da casa onde eles moravam — explica Gabriel, ainda sentindo muita raiva daquela família.

— E o que isso tem demais? — pergunta Rafael, não encontrando nenhum tipo de estranheza naquilo.

— O que isso tem demais? — Gabriel se irrita com aquela pergunta. — Depois eu descobri que era para a própria filha do casal ficar. Dá para acreditar nisso?

— Eles à faziam de prisioneira na própria casa — diz Rafaela, demonstrando toda a sua indignação com aquilo.

— Mas como vocês podem ter tanta certeza disso? — pergunta Monique, duvidando daquela história.

— É que depois de certo tempo... — Gabriel começa se emocionar, ao lembrar do sofrimento que aquela garotinha devia passar na mão dos pais. — Eu fiz amizade com a filha do casal, a Flávia Albuquerque, que me pediu para ler o seu próprio diário depois que eu terminasse a obra, me dando-o de presente.

— E quando Gabriel chegou em casa e me mostrou... Lembro-me de ter ficado totalmente em choque com aquilo, pois lá estava escrito todos os maus-tratos que ela sofria... — Rafaela se emociona, se esforçando para não chorar na frente daquelas pessoas desconhecidas.

— O casal depois até nos presenteou com um cachorro que tinha acabado de nascer de uma ninhada...

— explica Gabriel, já sentindo saudades de seu melhor amigo.

— O nome dele é Schindler! — Rafaela sorri para aquela equipe, não precisando contar o significado daquele nome.

— Vocês podem provar isso? — pergunta Monique, não acreditando naquela história.

— Mas é claro! Por que mentiríamos a uma altura dessas no campeonato? Guardamos o diário da menininha em nossa casa... — explica Rafaela, deixando as chaves de sua casa em cima daquela mesa de vidro.

— Mas e quanto a esse bunker... Por que não conseguimos identificar nenhuma espécie de alçapão nessa casa? — pergunta Sarah, repassando em sua mente a vistoria que a sua equipe tinha feito naquela casa.

— É porque eles me pediram para fazer o alçapão de concreto, para que não desse nenhuma diferença no piso da sala de estar — Gabriel responde com muita convicção, como se suas mãos se lembrassem de todo aquele trabalho.

— Mas o piso é de madeira! — Rafael o alerta, não caindo nenhum pouco naquela história.

— Mas por baixo do piso temos o concreto — ele explica.

— Mas passamos por lá diversas vezes! — diz Beatriz, já perdendo a paciência com aquele interrogatório.

— E não achamos nada! — Monique também se aborrece Monique.

— Muitas vezes a resposta está bem na nossa

frente só que não conseguimos enxergá-la — diz Rafaela, entregando suas chaves para a equipe.

— Vocês poderiam ter saído por cima disso tudo... — Kaique desabafa, não se conformando com aquilo. — Se tivessem apenas entregado todas essas provas para a gente investigar mais a fundo...

— E entregamos! — rebate Rafaela, ainda sem consciência das consequências que aquilo traria para a sua vida.

— E graças a vocês... — Isabella toma partido. — Os deputados Fábio Cerqueira, Márcio Lopes e William Netto estão presos.

— E quanto ao Vinícius Francovit? — pergunta Gabriel, querendo saber o paradeiro daquele empresário.

— Também está preso! — responde Rafael, demonstrando que eles não precisavam matar ninguém para fazerem justiça.

— Está vendo só? — Kaique fica um pouco decepcionado com os seus amigos. — Vocês poderiam ter feito a revolução da justiça com as palavras e não com o sangue que foi derramado.

10. O JULGAMENTO FINAL

— O que vocês acharam? — pergunta Isabella para a sua equipe, em outra sala.

— Eles foram bem sinceros... — responde Sarah, não encontrando nenhuma anormalidade psicológica na personalidade daquele casal.

— A meu ver... os dois tinham bastante consciência sobre os crimes que cometeram, então... isso vai ser de grande importância quando chegar a hora do julgamento — Monique concorda.

— Eu gravei tudo! — Kaique se orgulha, não sabendo ao certo se seus amigos estavam dizendo a verdade ou não. — Porque se eles estiverem mesmo certos... talvez o juiz, ou a juíza, possa até aliviar a penas deles, não acham?... Tendo em vista que eles conseguiram contribuir com as investigações.

— Não acredito que você esteja falando uma baboseira dessas... — Rafael se irrita, se arrependendo de ter mantido relações sexuais com ele.

— Que tal se voltássemos para o Canil Schimmelpfeng, para ver se encontramos esse tal de alçapão, hein? — propõe Beatriz para a sua equipe.

— Até que não seria uma má ideia... — Isabella concorda, tentando endireitar o seu caminho depois daquele interrogatório.

— E se eles estiverem mesmo certos? — pergunta

Kaique, sentindo uma vontade louca de entregar aqueles depoimentos para a imprensa digerir.

— Aí disponibilizamos esses depoimentos para o Supremo Tribunal Federal e para a Câmara dos Deputados avaliarem, antes que se comece a cassação do mandato da senhora Lia... — responde Isabella, indo imediatamente pegar as chaves do carro em sua sala.

— Será que eu ainda vou ver o impeachment desse genocida? — Kaique se pergunta, percebendo que não tinha mais ninguém ali.

*

— Olá! Bom dia!... Somos da Polícia Federal e viemos pegar uma coisa na casa da senhora Rafaela Elisário, pode ser? — pergunta Kaique, estacionando o carro na guarita do condomínio residencial, esperando que o porteiro autorizasse sua subida.

— Será que estamos no endereço certo? — Rafael se preocupa, lendo novamente o endereço em seu celular: **Rua Orlando de Souza, rua B, casa 126.**

— Aqui está escrito Varandas do Quitandinha — Rafael olha para aquela placa de entrada.

— É esse aqui mesmo! — responde Kaique.

— Podem entrar! — comunica o porteiro do condomínio.

— Obrigado, senhor!

*

— E agora? É a rua de cima ou a de baixo?

— pergunta Rafael, reparando que os números daquelas casas não seguiam ordem nenhuma.

— Vamos começar pela de baixo! — responde Kaique, indo bem devagar.

— Eu acho que é aquela lá! — Rafael comunica, vendo o número certo.

— É essa mesma! — Kaique para com muito cuidado em frente à casa.

— Schindler!... Schindler!... Schindler! — Rafael sai do carro e já começa a chamar pelo nome do cachorro, para ver se ele aparecia na varanda daquela casa.

— É uma das casas mais simples daqui... — Kaique se enche de orgulho, como se aquilo representasse o espírito do comunismo.

— Ele veio! — Rafael avista o cachorro branco.

— Ainda bem que ele ainda é um filhote... — Kaique se tranquiliza, sabendo que seria muito mais difícil entrar naquela casa se ele fosse grande.

— Onde está o diário da menina mesmo? — pergunta Kaique, entrando pelo segundo portão da casa.

— Gabriel nos disse que está em cima da mesa da sala — responde Rafael, acariciando aquele cachorrinho ao entrar pela varanda.

— Achei! — Kaique entra pela porta da sala. — Deve ser este aqui, oh!

— Eles deixaram a casa toda aberta? — Rafael repara.

— Tem suas vantagens morar em um condomínio residencial, não acha? — responde Kaique, não ficando tão impressionado como o seu parceiro.

— Uma sala... uma cozinha... um banheiro e dois quartos. — Rafael anda pela casa. — É... Pelo visto os seus amigos moravam em um lugar bem simples, não acha?

— Pode até ser simples, mas tem muita cultura nesse lugar... — Kaique observa, olhando atentamente para a estante abarrotada de livros. — Isso é a essência de todo comunista... Ter uma vida simples, mas regrada de muito conhecimento.

— Podemos ir agora? — pergunta Rafael, acariciando novamente aquele cachorrinho.

— Espera aí... — Kaique vai até a cozinha procurar o saco de ração. — Antes de sairmos, vou dar um pouquinho de comida para o Schindler, o que acha?... Pois só Deus sabe quando alguém vai vir aqui dar comida para ele novamente.

— Tudo bem! Estou te esperando no carro.

*

— Encontrei! — diz Isabella para a sua equipe, ao mexer no tapete da sala. — Deve ser esse alçapão aqui.

— Mas como deixamos isso passar? — Beatriz se irrita, indo atrás de sua parceira pelo alçapão.

— Temos que achar o interruptor! — Isabella desce com muito cuidado, não conseguindo enxergar nada naquele novo ambiente.

— Deve ser esse aqui! — Beatriz tateia a parede, achando uma protuberância naquela parede gelada.

— Mas não é que eles estavam certos mesmo...

— Isabella olha para aquele novo ambiente, custando a acreditar em seus próprios olhos.

— Deixe-me ver os outros cômodos... — Beatriz anda pelos corredores. — Temos dois quartos... uma cozinha... e dois chuveiros.

— Que estranho essa família ter mandado construir isso aqui... — Isabella comenta, observando bem aquele lugar. — Se no Brasil não tem catástrofes climáticas como em outros lugares...

— Isso seria melhor explicado se fosse construído na Europa, não acha? — diz Beatriz, se lembrando daqueles tempos de guerra na história.

— Será que essa menina era realmente aprisionada aqui? — pergunta Isabella, tendo muita dificuldade para acreditar naquilo.

— Não sei... Para mim parece mais um lugar para a família toda se abrigar, não acha? — responde Beatriz, olhando para o seu celular, para ver se seus colegas tinham lhe enviado mais alguma mensagem.

— E aí? Eles encontraram o diário? — pergunta Isabella, começando a sentir muito frio naquele lugar.

— Encontraram, sim! — responde Beatriz, enquanto mandava as mensagens para as suas outras colegas de equipe que tinham ficado no departamento.

— Agora só nos resta avaliarmos o conteúdo desse diário, para vermos se a menina sofria mesmo maus-tratos. — diz Isabella, começando a formular diversas hipóteses em sua cabeça a respeito daquele ambiente.

*

— Meu Deus! Está tudo aqui, Rafael!... — Kaique mal consegue acreditar em todos aqueles relatos que lê. — Eles realmente maltratavam a Flávia, leia isso aqui:

Segunda-feira – 21 de junho de 2022

Hoje papai e mamãe ficaram muito bravos comigo e me disseram que só saio daqui na sexta-feira. Isso não é justo... Só porque eu não consegui limpar os canis dos cachorros eles me punem desse jeito? Não gosto de ficar presa aqui embaixo... É muito frio e úmido também. Posso pegar uma gripe a qualquer momento. E eles não se importam comigo. Mas agora eu aprendi a limpas os canis e espero não cometer mais erro nenhum.

— Isso é impressionante! — Rafael fica chocado. — Então quer dizer que eles ainda forçavam o trabalho infantil? Isso é crime!

— Eles poderiam ter tido outra atitude... — Kaique não se conforma, querendo muito que seus amigos tivessem um julgamento justo a respeito de todos aqueles crimes que cometeram. — Pois nada justifica isso.

— Pensei que você fosse apoiá-los por isso — Rafael se arrepende de ter dito aquilo sem pensar direito.

— Então você não compreendeu direito o que é ser comunista, meu amigo... — Kaique finge não ter escutado aquela ofensa de seu parceiro. — Pois nunca fui a favor da justiça feita com as próprias mãos, muito menos de rebeliões... como os meus amigos sempre optavam em fazer. Sempre preferi ser adepto do diálogo, que nos leva para um mundo melhor e mais igualitário, sem que se precise sujar as próprias mãos para isso. Eu nunca fui a favor de guerrilheiros como Che Guevara, por exemplo, que acabou matando centenas de pessoas por causa de uma ideologia política em que acreditava. Prefiro acreditar que a justiça se faz com justiça, e espero que algum dia, meu amigo... você possa me compreender por inteiro.

*

— Acharam o diário? — Isabella pergunta, assim que entra por aquela sala.

— Achamos, sim! — responde Rafael, notando aquele sentimento de tristeza nos olhos de seu parceiro.

— Eles nos contaram a verdade! — Kaique comunica com muito pesar em seus olhos, entregando-o na mão de sua parceira.

— Abra em qualquer página e você mesma verá! — Rafael propõe a sua colega.

Domingo – 1 de julho de 2022

Hoje os meus pais finalmente me deixaram brincar com os cachorros. Só que eles me obrigaram a entrar na piscina... A água estava muito gelada. Eles me disseram que isso faz

bem à saúde. O inverno já começou! Mas o chuveiro aqui embaixo ainda continua no verão. Eu até que queria tomar banho no chuveiro deles lá em cima, que é bem mais quentinho, mas eles infelizmente não me deixaram. Fiquei muito triste... Depois papai queria mexer no meu corpo um pouquinho. Ele me disse que faz bem a ele, aí eu deixei. Eu não gosto muito quando ele me toca, mas já estou me acostumando. Perguntei para eles se eu poderia dormir no quarto de cima essa noite e eles deixaram. Mas nos dias da semana terei que voltar para cá novamente. Sinto que estou ficando um pouco fraca... Só tomei o café da manhã hoje. Papai e mamãe não me deram o almoço e nem a janta. Estou com fome! Vou ver se eu durmo um pouco para não pensar na minha barriga, que está doendo muito.

— Essa menina sofria um bocado, hein? — diz Isabella tentando não chorar com aquele relato.

— Que tal se entregássemos essas provas para a juíza do caso? — propõe Sarah, com muito medo de se aproximar daquele diário.

— Será que mediante a isso tudo ela vai amenizar a pena do casal? — pergunta Monique, tentando prever o julgamento.

— É isso que vamos ver! — diz Kaique, querendo ele mesmo repassar aquelas novas informações sobre os casos.

*

— A Câmara dos Deputados acabou de votar sobre o impeachment do senhor presidente... — Kaique entra pela sala, um pouco esbaforido.

— E como foi? — pergunta Rafael, tentando esconder sua ignorância sobre política.

— 313 votaram a favor e 200 votaram contra — Kaique responde, com muito entusiasmo.

— E agora o que acontece? — pergunta Rafael, já ligando a televisão para acompanhar as notícias.

— Agora o Supremo Tribunal Federal está avaliando todo o material que enviamos a eles... — Kaique pega o controle remoto da mão de seu parceiro, como se a sala fosse sua.

— Kaique, você está bem? — Rafael se preocupa, achando ele muito acelerado.

— Nunca me senti tão vivo em toda minha vida!

— Pois não parece! Com essas olheiras... — Rafael nota.

— Isso não é nada! É porque eu fiquei a noite inteira acordada para ver a votação na Câmara dos Deputados... Só isso!

— Em que canal está passando? — pergunta Rafael, percebendo a chegada de sua equipe no departamento.

— Em todos! — responde Kaique, ainda com muita energia para queimar.

— E como está o processo de impeachment

agora? — pergunta Rafael, já deixando a porta de sua sala aberta.

— Por enquanto está em 5 a 5.

— 5 a 5? — Rafael fica sem entender. — Mas os dois áudios explicam muito bem os passos do senhor presidente para o golpe.

— Pois é! Também fiquei puto, mas na política tem essas coisas... Não é somente o ato em si que importa, mas as alianças políticas que estavam por trás desse golpe — Kaique tenta explicar ao seu parceiro, enquanto via suas outras colegas de equipe se aproximar daquela sala.

— Como pode aqueles cinco ministros do Supremo não terem acreditado na veracidade dos áudios que enviamos? — Monique entra pela sala, ficando completamente revoltada com aquilo.

— Estava tentando explicar isso para o Rafael agorinha mesmo... — Kaique sorri de nervoso, temendo que aquele governo não caísse. — Ainda bem que já temos os outros cinco ministros para empatar o embate. Poderia ser bem pior!

— Quantos votos ainda faltam para que o impeachment aconteça de fato? — pergunta Isabella, demonstrando que não entendia nada de política para os seus colegas.

— Estamos na espera que a última ministra conceda o início do processo... — Kaique responde, mal conseguindo controlar a sua ansiedade diante daqueles fatos.

—Vamos acompanhar o que ela tem a dizer então pessoal! — Isabella aumenta o volume da televisão, ao mesmo tempo em que fechava aquela porta.

*

— Passo a fala para a excelentíssima senhora Kátia Fonseca — O ministro do Supremo Tribunal Federal desliga o seu microfone.

— Obrigado Excelentíssimo senhor Abelardo Gonçalves. Prometo que não vou me alongar muito em meu parecer... — Kátia olha ao seu redor, já percebendo os sinais de cansaço de seus companheiros de trabalho. — Estamos aqui hoje para julgarmos esses dois áudios que saíram na imprensa, a respeito do plano que o senhor presidente tinha de dar um golpe de estado na democracia brasileira, tentando incriminar a senhora Lia do Nascimento, a presidente do Partido da Liberdade Social. Ao contrário de meus amigos de bancada... que acreditam que a senhora Lia esteja realmente envolvida nessa chacina que aconteceu na cidade de Petrópolis, tendo em vista que os reais responsáveis por esses crimes eram filiados ao Partido Socialista da Liberdade, ao qual fazia convênio com o partido da senhora Lia. Prefiro acreditar na integridade política da senhora Lia... que sempre defendeu os direitos humanos acima de tudo, deixando a transparecer em suas ações, que a única maneira para alcançarmos um estado de bem-estar social é na distribuição igualitária de renda, na qual a defesa de minorias étnicas — como é o caso dos índios na Amazônia e dos pobres no Brasil — sempre se sobressaía em diversos projetos sociais aos quais sempre fez questão de fazer parte em sua militância. E como não se lembrar em seus diversos discursos, da defesa da Amazônia e dos índios contra os garimpeiros também... que volte e meia ameaçavam a existência de ambas as partes? Assim... a meu ver... diante dessas provas irrefutáveis... Acredito na inocência da senhora Lia do Nascimento, pois como todos já sabem... os responsáveis por esses crimes já revelaram que ela não teve participação nenhuma nisso. Agora!... Por outro lado... Se formos avaliar o plano de golpe do senhor presidente — que demonstrou ser muito ardiloso e perverso, tentando estar acima de qualquer lei que fosse criada pelo homem —, vemos nitidamente que ele violou diretamente a Constituição Federal de 1988 — que foi criada para preservar todos os direitos fundamentais que um indivíduo precisa para se desenvolver —, cometendo uma tentativa de ameaça à democracia, tendo como pano de fundo uma suposta volta à ditadura militar, que agride diretamente os direitos básicos de cada cidadão brasileiro, e, por essa razão... voto pelo impeachment do senhor presidente.

— Que se inicie o processo! — pede outra ministra, assim que sua colega terminou de proferir aquela sentença.

— Não acredito... 6 a 5! — Kaique vibra, como se tivesse feito um gol em alguma final importante. — Acabou! O fascismo finalmente caiu!

*

— Amor?... — Rafaela chama sua atenção, antes que pudesse entrar na sala daquela juíza.

— O que foi?

— Olhe aqui! — Rafaela mostra o seu celular com a notícia. — O Supremo Tribunal Federal finalmente aprovou o impeachment daquele genocida. Acabou! Estamos livres do fascismo.

— Por quantos votos? — pergunta Gabriel, pegando aquele celular como se fosse um tesouro perdido.

— Foram 6 votos a favor e 5 contra... — explica Rafaela, ainda sentindo muita raiva daquela votação apertada.

— Pensei que tivesse sido de lavada... — diz Gabriel, começando a ler a notícia.

— Infelizmente, em nosso país... a política não é feita somente com a justiça. Então... — Rafaela reflete, se decepcionando um pouco com o possível rumo que aquele processo poderia tomar. — Temos que levar em conta todas as articulações políticas também.

— Finalmente, meu amor... — Gabriel a beija carinhosamente. — Que a democracia volte a fazer parte do dia a dia dos brasileiros.

— Preparado? — pergunta Rafaela, tentando conter a sua felicidade antes de entrar naquele julgamento.

— Sempre estou preparado com você do meu lado — Gabriel diz, com muita confiança, se sentindo muito mais leve depois daquele merecido impeachment.

*

— Pensei que íamos ter mais problemas com os 513 deputados da Câmara, e você? — comenta Kaique, momentos antes de chegar ao seu apartamento.

— Mas me explica melhor isso... Como se dá um processo de impeachment no Brasil? Estou até agora sem entender muito bem... — pergunta Rafael, ainda se sentindo muito confuso com tudo aquilo que tinha acabado de acontecer.

— Bom... — Kaique começa a estacionar o seu carro em sua vaga de garagem. — Primeiro eles avaliam os crimes de responsabilidade que atentam contra a Constituição Federal de 1988, que nesse caso foi a manipulação que o senhor presidente tentou cometer, ao jogar a culpa desses assassinatos em cima de uma pessoa inocente. Depois esse pedido é enviado para o presidente da Câmara dos Deputados.

— Mas para quê?

— Para que ele dê início ao processo de votação pelo impeachment — responde Kaique, retirando o seu cinto de segurança para que pudesse ficar mais confortável dentro do carro.

— E o que acontece depois? — pergunta Rafael, começando a entender todas aquelas etapas burocráticas.

— Depois o processo é votado pelos deputados da Câmara que decidem se querem a continuação do impeachment ou não; caso a maioria decida que sim...

aí o processo vai diretamente para o Supremo Tribunal Federal, onde os ministros irão julgá-lo mediante os crimes que o senhor presidente possa ter cometido diante da Constituição Federal de 1988. Dessa maneira... durante todo esse processo de julgamento, o senhor presidente já fica afastado do cargo, por um período de até 180 dias, deixando a critério dos ministros do Supremo, a decisão de absolvê-lo ou condená-lo. Caso a maioria opte pela absolvição, o senhor presidente reassume imediatamente o cargo, caso contrário... se condenado, o senhor presidente é destituído imediatamente do cargo, mesmo antes da publicação da decisão sair no Diário Oficial. Entendeu agora?

— Acho que sim! — Rafael responde um pouco envergonhado.

*

— Meritíssima? Os réus já estão aqui!

— Pode mandá-los entrar, sim? — pede a juíza ao retirar os seus óculos de leitura.

— Bom dia, Meritíssima! — Entra pela sala a advogada de defesa. — Com Licença... Meu nome é Marielle do Carmo.

— Muito prazer, senhorita Marielle! — Levanta a juíza, lhe cumprimentando com muito respeito e cordialidade. — Me chamo Heloísa Guimarães! Podem se sentar, por favor... — Ela recoloca imediatamente os seus óculos de leitura. — Estamos aqui hoje para julgar a senhorita Rafaela Elisário e o senhor Gabriel

Castilho, membros do Partido Socialista da Liberdade, mas conhecido como PSL, estou certa disso?

— Sim, Meritíssima! — responde Marielle, olhando para os seus clientes.

— Vocês são acusados de homicídio doloso, ou seja... — a juíza começa a explicar. — Quando o indivíduo tem a intenção de matar. Estamos entendidos?

— Sim, Meritíssima! — responde Rafaela, ao segurar bem forte na mão de seu companheiro.

— Vamos ao primeiro assassinato então... — A juíza ajeita os seus óculos. — A vítima foi o senhor Eraldo Bittencourt, certo?...

— Certo, Meritíssima! — responde Marielle, ao olhar em seu bloco de anotações.

— Será que vocês poderiam me responder a uma pergunta?

— Claro, Meritíssima! — Rafaela tenta sorrir para a juíza, tentando amenizar todo aquele clima que estava começando a surgir naquele julgamento.

— Eu gostaria muito de saber quais foram às motivações de vocês para isso? — pergunta seriamente a juíza Heloísa, querendo muito receber uma boa argumentação para aquilo — O que os motivou para tal ato?

— Bem... Nós conhecíamos o casal desde a faculdade — Gabriel começa a falar, olhando para a sua parceira. — Eles faziam psicologia, enquanto nós cursávamos história pela Universidade Católica de Petrópolis. Dessa maneira... a gente começou a frequentar diversas festas que os outros cursos organizavam ao longo do semestre e, assim, acabamos nos conhecemos. E imediatamente formamos uma bela amizade estudantil, sabe?... Nós admirávamos muito o amor livre que um sentia pelo outro... Mesmo sabendo que os dois se traíam constantemente ao longo da faculdade; porém... quando eles decidiram se casar... lembro-me que tudo começou a mudar... E, não sei, mas parece que todas essas traições estavam começando a pesar no casamento de alguma forma.

— Ainda não sabemos por que eles decidiram se casar... já que a fidelidade nunca tinha feito parte da vida deles, enfim... — Rafaela entra na conversa. — Foi aí que o Eraldo começou a mudar com a Rayza, se tornando extremamente agressivo com ela. Eles brigavam direto... E por qualquer coisa. E me lembro que ele começou a querer controlá-la em tudo... Os amigos que ela tinha que sair e até mesmo as roupas que ela tinha que usar em determinadas ocasiões. Mas ainda sem agressões nessa fase...

— As agressões só começaram depois da festa de casamento — complementa Gabriel, querendo ser o mais preciso possível.

— E como vocês souberam disso? — pergunta a juíza, anotando todas aquelas informações em seu caderno.

— Ela me ligava aos prantos do Hotel Quitandinha... — responde Rafaela, começando a se sentir um pouco aflita, por estar relembrando todos aqueles fatos em sua memória. — Ela me dizia que o Eraldo tinha mudado muito desde o casamento. E que agora ele partia para as agressões físicas em plena lua de mel.

— E por que vocês não denunciaram logo o senhor Eraldo por isso? — a juíza fica sem entender.

— Rayza tinha muito medo que ele pudesse descobrir — responde Gabriel, não sentindo remorso algum.

— Aí vocês decidiram agir por conta própria, foi isso? Mas como vocês conseguiram bolar o plano?

— Lembro-me que eles tinham tido uma briga séria... — Rafaela torna a falar. — Pois o Eraldo tinha descoberto uma suposta traição da Rayza, no dia do casamento dos dois, aí você já viu, né?... — Ele ficou uma fera! E foi aí que ela me enviou uma mensagem nos pedindo ajuda, pois não aguentava mais apanhar dele.

— Ela estava com medo que ele pudesse matá-la a qualquer momento, entende? — complementa Gabriel, tentando achar maneiras em sua cabeça, que lhe permitissem fazer aquilo que fez. — Então...

— Pedimos para a Rayza descer com ele até a entrada do hotel — Rafaela começa a explicar, se concentrando nos fatos. — Aconselhando-lhe a pedir o divórcio no meio do caminho, para ver qual seria a reação do Eraldo.

— Como nós moramos perto do Hotel... Marcamos às 2h, no lago — complementa Gabriel, tentando se lembrar de mais alguma coisa que tivesse deixado passar.

— E o que aconteceu depois? — pergunta a juíza, querendo destrinchar bem aquele caso antes de julgá-lo.

— Bem, Meritíssima... Depois que a Rayza contou para ele que queria o divórcio dentro do elevador, o Eraldo começou a espancá-la ali mesmo... — diz Rafaela, se baseando nos relatos de sua amiga. — Ela nos disse que até tentou revidar também, mas quando eles chegaram à recepção do hotel, o Eraldo começou a empurrá-la para fora, a levando para o lago do hotel.

— E foi aí que eu decidi agir! — diz Gabriel lembrando-se muito bem daquele momento. — Porque o Eraldo estava querendo jogar a Rayza no lago.

— Então quem matou o senhor Eraldo foi você? — pergunta a juíza, fazendo suas anotações enquanto os réus falavam.

— Sim, Meritíssima! — responde Gabriel. — Eu o matei antes que ele a matasse! Afoguei-o no lago.

— E essas dilacerações no braço, quem fez? — pergunta a juíza, lhe mostrando aquelas fotos.

— Fui eu mesmo que fiz, Meritíssima! — Gabriel assume a culpa.

— Já tenho o suficiente desse caso... Vamos para o próximo então? — pergunta a juíza, virando uma folha daquele processo.

— Como quiser, Meritíssima! — responde a advogada de defesa, Marielle, riscando o nome daquela vítima de seu caderno.

*

— E quanto à senhorita Clara Gouvêa de Barros? — A juíza se inclina na poltrona. — Quais foram os motivos para que vocês decidissem matá-la?

— Descobrimos que ela batia em seu próprio

filho — responde Rafaela, sem transmitir arrependimento algum.

— Mas como vocês sabiam disso? — pergunta a juíza.

— Ela tinha uma empregada que também trabalhava para a gente na Casa da Morte, que nos contou tudo — explica Gabriel, querendo resguardar o nome dela.

— Qual era o nome dela, posso saber?

— É Simone Salgueiro, Meritíssima — responde Rafaela, tendo um pouco de receio de entregar a sua fonte.

— Depois descobrimos que o seu marido, o senhor Vinícius Francovit, estava envolvido em um esquema de corrupção que visava beneficiar somente a sua empresa de construção — Gabriel adiciona mais aquela informação, se arrependendo muito de não tê-lo matado enquanto pôde.

— Mas graças aos áudios que vocês mandaram à Polícia Federal ele está preso — diz a juíza, sendo muito firme em seu julgamento. — Assim como os deputados Fábio Cerqueira, Márcio Lopes e William Netto também estão. Agora a pergunta que fica é a seguinte... Por que vocês não entregaram todo esse material para a polícia fazer a validação dos fatos?

— Desculpe-me, Meritíssima! — Rafaela fica um pouco sem graça, tentando ser cautelosa na maneira que iria expor suas crenças ideológicas. — Mas todos aqui sabem que a polícia é de extrema-direita, e que por mais que entregássemos todos esses áudios e vídeos que explicavam todo esse processo de corrupção, com obras superfaturadas, a polícia ia sempre defender esses fascistas, pois eles eram protegidos pelo governo do senhor presidente.

— A senhorita está completamente equivocada nesse seu raciocínio... — A juíza retira imediatamente os seus óculos do rosto. — Pois a Polícia Federal é um órgão incorruptível. Veja pelos fatos em si... Todos estão presos! Não ficaria muito mais bonito diante da lei se vocês tivessem simplesmente entregado todas essas provas para a polícia? Vejam onde vocês estão agora! Esse desejo por justiça adiantou alguma coisa?

— Não, Meritíssima! — responde Rafaela, percebendo que eles poderiam ter tido uma atitude diferente diante de todos aqueles crimes.

— Quem a matou?

— Fui eu, Meritíssima! — Rafaela assume o seu erro.

— E como vocês conseguiram pegá-la, já que ela andava com diversos seguranças?

— Primeiro focamos na rotina dela... — Gabriel começa a explicar. — Ela trabalhava no Rio de segunda à sexta, mas gostava de morar em Petrópolis por ser um lugar mais seguro para se viver.

— Depois descobrimos que ela não levava os seus seguranças para Petrópolis — Rafaela adiciona mais essa informação.

— Aí conseguimos tirar uma foto de seu carro com a placa e ficamos esperando ela voltar para Petrópolis — explica Gabriel.

— Mas em que ponto vocês sequestraram ela? — pergunta a juíza, querendo esmiuçar aquele caso também.

— Foi no Mirante do Cristo, um pouco antes de chegar à Pavelka e na Casa do Alemão também — responde Rafaela, se lembrando muito bem daquela noite fria.

— E isso foi que horas?

— Por volta das 20h, mais ou menos... — responde Gabriel.

— E que horas vocês mataram ela?

— Por volta da 1h — diz Rafaela.

— E o que vocês fizeram nesse meio tempo?

— Torturamos ela um pouco... — responde Rafaela, tentando esconder o seu sentimento de prazer.

— Onde?

— Na própria Casa da Morte! — responde Rafaela.

— E como vocês conseguiram levar o corpo até a Catedral São Pedro de Alcântara?

— Isso já foi mais fácil! — responde Gabriel, sem pensar. — Depois que a Rafaela a estrangulou até a morte, levamos o corpo até a Catedral e de lá...

— Começamos a abri-la! — complementa Rafaela, tentado esconder a sua satisfação.

— Então quem a matou foi você?

— Foi, Meritíssima! — responde Rafaela, notando que a juíza estava anotando aquilo também.

— Já tenho o suficiente! — comunica a juíza, passando para o próximo caso.

*

— Vamos para o senhor Rogério Damasceno agora... — A juíza olha atentamente para aquele outro caso também. — Como vocês descobriram que o prefeito de Petrópolis estava envolvido em diversos esquemas de corrupção?

— Isso não foi difícil! — Gabriel começa a falar, tentando organizar os seus pensamentos. — Tínhamos um amigo que trabalhava na Câmara Municipal de Petrópolis, que estava começando a desconfiar da gestão desse prefeito.

— E qual era o nome dele?

— Henrique Veiga! — responde Rafaela.

— E como vocês descobriram isso?

— Pedidos para ele colocar uma escuta e uma câmera escondida na sala do prefeito... — Gabriel explica. — Aí depois de uma semana, mais ou menos, descobrimos toda a ladroagem do prefeito Rogério.

— E como vocês chegaram aos outros vereadores?

— Nas gravações que vimos... o prefeito falava muito deles também — responde Rafaela, se concentrando muito naqueles fatos.

— Aí pedimos para esse amigo nosso colocar a escuta e as câmeras nas salas desses vereadores também — explica Gabriel, se lembrando exatamente da felicidade que sentiu, quando descobriu todo aquele esquema de corrupção.

— E como vocês conseguiram pegar o Vinícius Francovit?

— Ficamos sabendo que ele viria para Petrópolis

para dar os parabéns ao novo prefeito que assumiria o cargo... — Rafaela explica. — Aí como já sabíamos do esquema de corrupção que eles estavam montando, com aqueles superfaturamentos nas obras, marcando diversas reuniões em Petrópolis na sala desses vereadores, ficou muito fácil pegá-lo também.

— E por que vocês não os mataram também? — pergunta a juíza, percebendo que aquele casal tinha quebrado um padrão em suas mortes.

— Boa pergunta, Meritíssima! — Gabriel leva um pequeno beliscão em sua mão.

— Como vocês conseguiram pegar o prefeito Rogério Damasceno?

— Esperamos ele sair da Câmara Municipal de noite, em um dia que ele não queria ser acompanhado por nenhum segurança — explica Gabriel.

— Mas isso foi que horas?

— Em torno das 21h! — Rafaela fala em seu lugar.

— E como vocês conseguiram colocá-lo no Museu Imperial? — pergunta a juíza, achando aquela trama muito complicada para se entender.

— Conhecíamos os guardas do Museu Imperial que nos emprestaram as chaves dos portões — explica Gabriel.

— Mas vocês mataram o prefeito onde?

— Foi na Casa da Morte também! — responde Rafaela.

— Torturamos ele um pouco... — Gabriel desvia o olhar, com medo que a juíza percebesse alguma anormalidade em sua personalidade. — Até que eu resolvi asfixiá-lo com um saco plástico.

— Aí passamos com o corpo pela entrada do Museu Imperial, subindo de carro até a entrada principal — Rafaela completa.

— E como vocês conseguiram abrir a sua cabeça e retirar o seu cérebro? — pergunta a juíza, mostrando aquelas fotos do corpo da vítima.

— Abrimos com um bisturi cirúrgico que já tínhamos na Casa da Morte — responde Rafaela.

— E quem o matou?

— Fui eu, Meritíssima! — Gabriel assume.

— E isso foi a que horas mais ou menos?

— Por volta das 2h também — responde Gabriel, enquanto via a juíza anotar todas aquelas informações em seu caderno.

— Já tenho o suficiente! — comunica a juíza, já querendo passar para o próximo caso.

*

— Agora temos o casal... A senhora Danielle Albuquerque e o Estevão Albuquerque. Como vocês souberam que o casal maltratava a própria filha?

— Depois que finalizamos o doutorado em História do Brasil pela UERJ, queríamos muito ganhar um dinheiro extra... — Rafaela explica. — Eu consegui uma bolsa pelo CNPq (Conselho Nacional de Desenvolvimento Científico e Tecnológico) para fazer pesquisas sobre o período da ditadura militar, mas Gabriel já não teve tanta sorte assim...

— Foi aí que eu fiquei sabendo que no Canil Schimmelpfeng estavam precisando muito de um pedreiro para reformar o local e restaurar a casa da família também — fala Gabriel, sentindo muito orgulho daquele trabalho.

— E como sabíamos que somente com o meu salário não conseguiríamos pagar as contas da casa — complementa Rafaela, demonstrando todo o seu sentimento de revolta diante daquela realidade. — Tendo em vista que o salário de um pesquisador no Brasil é muito baixo...

— Resolvi voltar para o meu trabalho de origem — diz Gabriel, apertando todos aqueles calos em suas mãos.

— Entendo! Mas vocês ainda não responderam a minha pergunta... — comunica a juíza, se preocupando com as etapas de cada caso.

— Já vamos chegar lá, Meritíssima! — fala Rafaela, tentando encorajar o seu companheiro.

— Começamos a achar toda aquela reforma muito estranha quando o casal me pediu uma coisa... — Gabriel se ajeita na cadeira, se arrependendo muito de ter aceitado aquele serviço.

— Que coisa? — pergunta a juíza.

— Eles me pediram para construir uma espécie de bunker embaixo da casa — responde Gabriel, tentando segurar a sua emoção.

— Mas por que alguém pediria para construir

uma coisa dessas no Brasil? — pergunta a juíza, sem entender muito bem.

— Vai entender a mente humana, Meritíssima — Rafaela sorri, tentando quebrar o gelo tenso que tinha começado a se instaurar naquela sala.

— Eles me disseram que era para a família ficar abrigada... E foi dessa maneira que eu comecei a ganhar a amizade da filha do casal — Gabriel começa a explicar, tomando muito cuidado para não deixar de passar qualquer tipo de informação.

— A Flávia Albuquerque! — Rafaela adiciona aquele nome no julgamento.

— Depois de um certo tempo... a menininha vinha me contar que aquele lugar estava sendo construído somente para ela morar. Você acredita nisso? — Gabriel fica indignado. E me lembro que tomei um susto quando soube disso, pois eu estava fazendo sala, cozinha, dois banheiros e dois quartos, pensando que era para a família aproveitar mais aquele espaço disponível.

— Tá! Tudo bem! Mas como vocês começaram a desconfiar do casal?

— A menina deu de presente o seu diário para o Gabriel ler — responde Rafaela, ainda se lembrando de algumas passagens daquele caderno.

— E foi aí que descobrimos a partir dos relatos da própria menininha... que os pais dela a maltratavam. — explica Gabriel ainda tentando controlar a sua raiva.

— Maltratavam de que jeito? — pergunta a juíza

— De acordo com os relatos que a própria menininha escreveu... o seu pai abusava dela constantemente. — responde Gabriel com muita tristeza em seus olhos.

— Sem contar as maldades que a mãe fazia também... — Rafaela interrompe. — Obrigando-lhe a tomar banho frio e a pular na piscina no inverno também.

— Também li alguns trechos do diário... — comenta a juíza, tentando esconder o seu sentimento de justiça. — São realmente impressionantes! Mas continuo me perguntando uma coisa... Por que vocês não entregaram esse diário como prova para a polícia? Seria muito mais fácil vermos a justiça sendo feita pela lei, ao invés dela ser feita pelas próprias mãos, não acham?

— Você está certa, Meritíssima! — diz a advogada Marielle, olhando para os seus clientes em sinal de desaprovação também.

— Fico me perguntando aqui onde vocês iriam parar caso não se entregassem à polícia... — expõe a juíza, tendo muita dificuldade de entender aqueles crimes. — Em um conceito de anarquia, é isso? Pois toda a sociedade precisa de leis para serem seguidas, porque senão já imaginou a confusão que se estabeleceria em um país? A lei é para isso, senhores... para resguardar o indivíduo dentro de uma democracia, pois é a lei que concede todos os direitos fundamentais ao homem e não a anarquia.

— Desculpe-me, Merítissima! — Rafaella interrompe. — Mas até pouco tempo não vivíamos em uma democracia.

— Eu sei que não, senhorita! — a juíza deixa

escapulir, sabendo muito bem que não poderia demonstrar nenhum tipo de juízo de valor naquele julgamento.

— Se me permite a palavra, Meritíssima... — Gabriel levanta a sua mão, querendo muito falar. — O governo que caiu ameaçava constantemente a nossa democracia... Deixando desmatar a Amazônia, ao desrespeitar todas as ONG's ambientais que a protegiam, sem contar que não protegiam os direitos básicos dos índios diante dos garimpeiros também.

— Além de não dar a validade adequada para os diversos estudos científicos que estavam saindo em todo mundo a respeito do combate ao coronavírus também — Rafaela diz, se esquecendo de pedir permissão para falar primeiro.

— O que me fazia lembrar de alguns governos autoritários que passaram pela história da humanidade, como por exemplo, o nazismo de Hitler e o fascismo de Mussolini, que tentavam controlar a imprensa e a liberdade de expressão, com força e violência, deixando bem claro que somente a sua maneira de pensar é que estava certa.

— Entendo a revolta de vocês, mas nada justifica todos esses crimes... — argumenta seriamente ajuíza — Entenderam-me? Pois a justiça se aplica sempre com leis e nunca com sangue. Agora... quero que vocês me expliquem: como mataram o casal?

— Primeiro, armamos um plano de entrar naquele canil à noite, depois que os cachorros estivessem presos — Gabriel explica, com muita seriedade.

— E isso foi a que horas? — pergunta a juíza, voltando a anotar novamente em seu caderno.

— Por volta das 21h30min — responde Rafaela, temendo que estivesse errada.

— E depois?

— Depois estacionamos o carro em frente à casa e descemos com as armas na mão — explica Gabriel, temendo que aquilo aumentasse a sua pena.

— Vocês entraram na casa armados? — pergunta a juíza, não gostando nenhum pouco daquilo.

— Entramos sim! — responde Rafaela, se lembrando muito bem daquela parte.

— Continuem!

— Abrimos a porta da sala com muito cuidado e fomos direto para o quarto do casal, que felizmente ainda estavam dormindo — explica Gabriel.

— Aí me lembro que eu fui para o quarto da Flávia procurá-la, mas infelizmente não consegui encontrá-la, e, assim... eu logo percebi que ela só poderia estar em um lugar... — diz Rafaela, tentando ser forte para continuar a falar.

— Depois disso a Rafaela me chamou lá embaixo... — complementa Gabriel. — Porque ela queria saber onde ficava o alçapão que dava para aqueles cômodos subterrâneos.

— E o que aconteceu depois disso?

— Pegamos a menininha e a colocamos no carro — responde Gabriel, tomando muito cuidado para informá-la de tudo.

— E o que vocês fizeram com o casal?

— Entramos no quarto e dissemos que aquilo era um assalto — Gabriel se lembra bem daquele momento.

— E como eles reagiram?

— Ficaram um pouco assustados — responde Rafaela, repassando aquela cena em sua cabeça novamente.

— E depois?

— Colocamos o casal no carro e fomos até a Casa da Morte — responde Gabriel, chegando na parte que mais queria explicar.

— E me deixem adivinhar... Vocês os torturaram também, foi isso? — pergunta a juíza, percebendo que aquele padrão se repetia na maioria dos casos em que estava julgando.

— Sim, Meritíssima! — responde Gabriel, tentando esconder a satisfação que teve ao fazer aquilo.

— E como vocês torturaram o casal antes de matá-los?

— Primeiro arrancamos todas as unhas deles... — responde Rafaela, ainda escutando aqueles gritos de agonia em seus sonhos. — depois o colocamos na banheira e deixamos que se afogassem por conta própria.

— E como vocês fizeram isso?

— Amarramos suas mãos atrás das costas e enchemos a banheira até ela transbordar — explica Gabriel, ainda se lembrando das gargalhadas que tinha dado com aquilo.

— Colocamos um de cada vez — adiciona Rafaela.

— E isso foi a que horas?

— Por volta das 22h — responde Rafaela.

— E como vocês conseguiram levar os corpos até a casa do Santos Dumont?

— Isso foi uma tarefa bem difícil! — responde Rafaela, tentando se lembrar de todos os detalhes. — Tivemos que pedir ajuda para dois amigos nossos.

— Que amigos?

— Conhecíamos uma pessoa que trabalhava na casa do Santos Dumont, que era do mesmo partido político que a gente... — explica Gabriel. — O nome dele era Frederico de Alencar, e foi ele que nos emprestou a chave para entrarmos com os corpos.

— Mas ele emprestou a chave para vocês de madrugada?

— Sim, Meritíssima! — responde Rafaela, percebendo todo aquele ar cético da juíza.

— E ele ajudou a levar os corpos lá para cima também?

— Ajudou, Meritíssima! — responde Gabriel, ainda se lembrando da dificuldade que eles tiveram para fazer aquilo.

— E isso foi a que horas?

— Por volta da meia-noite, mais ou menos — responde Gabriel, não tendo tanta certeza assim.

— Quem mais ajudou vocês a levar os corpos lá para cima?

— A outra foi a Janaina Moura... — responde Rafaela. — que também era filiada ao mesmo partido nosso.

— E como vocês conseguiram fazer essas dilacerações nos braços das vítimas? — pergunta a juíza ao mostrar aquelas fotos.

— Foi com o mesmo bisturi que usamos para arrancar o cérebro do prefeito — responde Gabriel, sem demonstrar arrependimento algum.

— Quem matou o casal?

— Fomos nós dois, Meritíssima! — responde Rafaela. — Eu matei a Danielle Albuquerque e o...

— E eu matei o Estevão Albuquerque — interrompe Gabriel, preferindo responder por ele mesmo.

— Então a menina dormiu na Casa da Morte?

— Sim, Meritíssima! Como não tínhamos nenhum pesquisador agendado para o outro dia, deixamos ela dormir com a gente. — explica Gabriel, se lembrando muito bem daquele momento de felicidade em sua vida.

— E o que vocês fizeram com a menina depois?

— Demos todas as guloseimas que tínhamos na despensa da Casa — responde Rafaela, se lembrando muito bem daqueles olhos castanhos.

— E como vocês a entregaram para a polícia?

— Isso já foi no outro dia... — responde Gabriel, se lembrando da bondade daquela menininha. — Pela manhã.

— Já tenho o suficiente! — diz a juíza, fazendo suas últimas anotações antes que pudesse passar para os últimos crimes.

*

— Agora vamos para o outro casal... A senhora Johanna Holtz e o senhor Gustav Müller, sim?

— Como quiser, Meritíssima! — Rafaela se ajeita rapidamente na cadeira.

— Como vocês descobriram que eles eram nazistas?

— Temos um amigo que está fazendo o seu pós-doutorado em Berlim, sobre o nazismo... — Gabriel explica. — E foi ele quem nos passou alguns documentos oficiais que listavam algumas pessoas que faziam parte do regime de Hitler e que ainda não tinham sido descobertas o paradeiro de algumas delas depois do final da guerra.

— Qual era o nome desse amigo?

— Leandro Couto, Meritíssima! — responde Rafaela.

— E como vocês traduziram o documento?

— O Leandro já fazia isso para nós! — responde Gabriel.

— E por que vocês já não mandaram isso traduzido para a polícia, ao invés de mandar os documentos oficias?

— Achávamos que a polícia não iria acreditar se fosse somente a tradução, Meritíssima — explica Rafaela.

— Compreendo! — diz a juíza, concordando com aquele ponto de vista. — E como vocês chegaram ao nome do casal?

— Bem... depois que recebemos aquelas listas

com os nomes dos supostos integrantes do partido Nazista, que ainda estavam foragidos, resolvemos enviar para dois historiadores amigos nossos... — começa à explicar, Gabriel.

— Enviamos para a Mariza Müller e para o Guilherme Müller, que estavam fazendo a restauração do Arquivo Histórico da Igreja Luterana de Petrópolis, que, como todos sabem, é de descendência alemã — diz Rafaela, se lembrando muito bem daquele momento.

— O templo ainda foi feito pelos colonos alemães, por volta de 1863, mais ou menos... — diz Gabriel, tentando falar com comprovação histórica.

— Mas por que vocês enviaram para eles?

— Porque como eles estavam remexendo no acervo da Igreja Luterana, talvez eles pudéssemos achar o paradeiro de algumas pessoas que estavam desaparecidas depois da guerra — explica Rafaela.

— E como nessa Igreja eles tinham o hábito de guardar todas as atas de comparecimento e de casamento também... Lembro-me que pensamos... Por que não?... Talvez quem sabe... nós conseguíssemos achar algum nome que estivesse na lista, morando em Petrópolis.

— Os nossos amigos começaram a procurar do ano de 1939 e foram até o final de 1945, se me lembro bem... — fala Rafaela, se lembrando muito bem da felicidade que tinha sentido quando tinha conseguido encontrar alguém da lista.

— E em que ano o eles vieram para Petrópolis?

— Eles vieram em 1944, e o primeiro registro na ata da Igreja é de 28 de agosto de 1944 — explica Gabriel, como se aquela data o atormentasse.

— E quando eles casaram mesmo? — pergunta a juíza, conferindo aquele processo no computador.

— Se não me engano, Meritíssima... Eles se casaram no dia 23 de maio de 1945 — tenta responder Rafaela, não tendo muita certeza se tinha acertado ou não.

— Exatamente! — confere aquela data a juíza.

— E esses historiadores conseguiram achar isso tudo?

— Acharam isso e muito mais... — Gabriel sorri para a sua companheira. — Além desse casal... os nossos amigos também acharam mais sete pessoas que moravam aqui em Petrópolis, só que infelizmente...

— Todos já tinham morrido! — Rafaela fala na sua frente.

— E como vocês podem tem tanta certeza disso?

— Bom... o pastor disse para os nossos amigos que todas aquelas pessoas já tinham falecido, então... — Gabriel começa a se pergunta aquilo também.

— Pelo registro dos dois aqui... — a juíza começa a ler atentamente. — O senhor Gustav Müller trabalhava para a polícia secreta do Estado, mais conhecida como a Gestapo, em Treblinka I, que ficava no Nordeste de Varsóvia; enquanto sua esposa... a senhora Johanna Holtz, trabalhava para a guarda do Esquadrão de Proteção, mais conhecido como a SS, em Ravensbrück, localizado ao norte de Berlim... É tudo é muito impressionante! Mas me pergunto aqui por que eles não trocaram os seus nomes, antes de viajar para um outro lugar?

— Talvez eles soubessem que a Igreja Luterana iria acobertá-los por alguma coisa, Meritíssima... — chuta Rafaela, pensando na mesma questão também. — Já que eles eram alemães.

— E como vocês conseguiram capturá-los?

— Soubemos que o casal ainda estava ensaiando para a edição da Bauernfest — explica Gabriel.

— Mas quantos anos eles tinham?

— O senhor Gustav tinha 100 anos! — responde Rafaela.

— E a senhora Johanna tinha 101 — complementa Gabriel, percebendo que a juíza estava tendo muita dificuldade para acreditar naquelas contas.

— Continuem! — pede a juíza.

— Temos um amigo que trabalha na organização da associação dos 7 grupos folclóricos alemãs de Petrópolis — Rafaela explica.

— E qual é o nome dele?

— Marcos Carneiro! — responde Gabriel.

— Prossigam!

— Foi ele que achou esse casal dançando no Grupo Folclórico Germânico Bergstadt... — Rafaela sente muita dificuldade para pronunciar corretamente aquele nome — que foi o primeiro grupo folclórico a ser fundado na cidade de Petrópolis.

— Se não me engano ele foi fundado em 25 de

agosto de 1990. — Gabriel tenta ser o mais preciso possível.

— E depois que vocês encontraram o casal o que fizeram?

— Bem... percebemos que eles tinham o hábito de ir para casa sozinhos... — começa a explicar Rafaela.

— Mas como?

— De Uber! — responde Gabriel.

— Aí esperamos eles terminarem de ensaiar no palco que a Bauernfest tinha montado em frente à Cervejaria Bohemia, para que os grupos folclóricos germânicos pudessem ensaiar, e nos passamos de motoristas — Rafaela explica calmamente.

— Quando eles se deram conta já estavam na Casa da Morte... — diz Gabriel.

— E como vocês os torturaram? — pergunta juíza já com as fotos dos corpos na mão.

— Da mesma maneira que os nazistas faziam com os judeus... — responde Rafaela, tentando esconder sua satisfação por ter feito aquilo — Pedi para o Gabriel vedar bem o banheiro para que não escapasse nenhum ar, quando fechado... Aí colocamos o casal lá dentro e acionamos o gás.

— E a que horas o casal morreu?

— Deixa-me pensar... Pegamo-los na Cervejaria Bohemia, por volta das 19h, e por volta das 20h30min eles já estavam mortos — Gabriel explica friamente.

— E o corpo ficou no banheiro até a madrugada?

— Sim, Meritíssima! — responde Rafaela.

— E como vocês conseguiram as chaves do Palácio de Cristal?

— Como o Marcos Carneiro estava organizando todos os grupos folclóricos germânicos, a chave acabava ficando com ele, pois enquanto um grupo estava ensaiando no palco montado em frente à Cervejaria Bohemia, o outro ficava ensaiando dentro do Palácio de Cristal — explica Gabriel.

— Entendi! E quando vocês chegaram ao Palácio de Cristal com os corpos?

— Isso foi por volta das 2hh30min... — responde Rafaela, não tendo tanta certeza assim.

— E quem fez essas dilacerações nos glóbulos oculares do casal? — pergunta a juíza, ao mostrar aquelas fotos da perícia.

— Fomos nós dois! — diz Gabriel, não demonstrando arrependimento algum.

— Então pelas minhas contas... — A juíza começa a mexer em seus papéis. — O senhor Gabriel Castilho matou quatro pessoas, enquanto a senhora Rafaela Elisário matou três. Estou certa disso?

— Sim, Meritíssima! — responde a advogada de defesa, tentando acompanhá-la em suas anotações também.

— Gostaria de ouvir a defesa que a advogada, Marielle do Carmo, preparou, pode ser?

— É claro, Meritíssima! — Marielle se levanta.

*

— Meus clientes claramente agiram por uma ideologia política... — Marille ajeita o seu blazer, ao olhá-los com muito carinho. — E não estou dizendo que eles estavam certos disso... Pois eles acabaram deturpando um pouco o que é ser comunista e o que é ser um anarquista... e se levarmos em conta os laudos psicológicos que saíram da Polícia Federal, vemos que eles têm sérias dificuldades de enfrentar a sociedade, quando a realidade não condiz com o que eles pensam ou acreditam, transformando isso no que conhecemos como uma esquizofrenia. Por esse motivo... Peço encarecidamente que a Meritíssima leve isso em consideração... tendo em vista que os meus clientes ajudaram a Polícia Federal a descobrir um dos maiores esquemas de corrupção que esse país já viu, com o envolvimento da empresa de construção Francovit; sem contar com o plano de golpe que o senhor presidente estava tentando armar para cima da democracia brasileira, que quase foi destruída também. Por essas duas únicas razões... peço à Meritíssima que reduza a pena dos meus clientes, se estiver em seu alcance, é claro.

— Depois de ter escutado à defesa... — A juíza organiza os seus papéis. — Declaro culpado os réus... — A juíza bate o martelo, vendo a expressão de indignação da advogada de defesa. — À senhora Rafaela Elisário... por ter matado três pessoas, e ao senhor Gabriel Castilho... por ter matado quatro pessoas, violando assim... O Código Penal, na cláusula de homicídio doloso, quando o indivíduo tem a intenção de matar conscientemente.

Por isso declaro... que o casal terá que pagar 13 anos de prisão, em regime fechado, na cadeia de Inês Etienne Romeu, que fica no Rio de Janeiro. Podendo a pena ser diminuída caso o casal tenha um bom comportamento ou utilizem esse tempo livre para estudar e trabalhar em serviços comunitários dentro da prisão. Para que depois consigam sair com os seus direitos fundamentais restabelecidos dentro de uma sociedade como cidadãos que pagaram e cumpriram suas dívidas penais diante da lei. Essa sessão está encerrada! – ela bate novamente o martelo.

*

— Ela reduziu a pena de vocês em sete anos! — fala bem baixinho a advogada de defesa. — Pois vocês eram para cumprir no mínimo 20 anos.

— Serão os melhores anos da nossa vida, amor... — Rafaela sai do julgamento segurando bem forte a mão de seu companheiro.

— Poderemos até estar presos... — Gabriel lhe beija carinhosamente, levantando sua companheira no colo. — Mas estaremos livres desse governo fascista e genocida que o próprio processo de impeachment criou, não acha?

— Só espero que a democracia volte a governar esse país... — Rafaela se preocupa com aquilo. — Já pensou se o fascismo volta disfarçado de alguma coisa?

— Temos que acreditar sempre na democracia! — Marielle fala com muita convicção, antes de abandonar seus clientes. — Nem que para isso tenhamos que fazer vários protestos no Brasil inteiro novamente.

— Fascismo nunca mais! — Rafaela profere suas últimas palavras, antes de entrar no carro da polícia com o seu companheiro.

— Fascismo nunca mais! — Gabriel também repete aquelas palavras, como se fosse uma espécie de mantra que ele iria dizer todos os dias da sua vida, enquanto estivesse naquela prisão junto com a sua companheira.

FIM

Sobre o Autor

O escritor se formou em História Licenciatura pela Universidade Católica de Petrópolis (2012-2018); participou da 3ª Edição do Prêmio Kindle de Literatura (pelo site da Amazon - 2018/2019) onde concorreu na categoria de Ficção, com o livro intitulado: As Cinzas de uma Pátria (Volumes I e II), onde utilizou como pseudônimo artístico, o nome de: Forest Glade, vindo a publicá-lo também no Wattpad. Depois, ele também colocou a sua tese acadêmica, intitulada A Primeira Guerra Mundial (1914-1918): a anatomia de um trauma, disponível para compra na Amazon e para leitura gratuita no Wattpad; Na sequência, o escritor escreveu um outro livro, intitulado: A Queda do Fascismo, assinado com o seu próprio nome, que está concorrendo na categoria de ficção à 6ª edição do Prêmio Kindle de Literatura (2021-2022) e na Premiação Literária do Wattpad (Prêmio Wattys 2021), na categoria de Mistério e Suspense.